LES CARNETS
DE MONSIEUR MANATANE

Benoît Poelvoorde est né en Belgique. Artiste interprète pour le cinéma, il a notamment joué dans les films suivants : *C'est arrivé près de chez vous, Les Randonneurs, Le Boulet, Entre ses mains, Tu vas rire mais je te quitte, Cow-boy, Astérix aux Jeux olympiques* et *La Guerre des Miss*. Il est également connu pour ses sketches *Les Carnets de monsieur Manatane* et *Jamais au grand jamais*, diffusés sur Canal +.

Pascal Le Brun est peintre et graphiste. Après avoir réalisé les affiches de *C'est arrivé près de chez vous* et du spectacle *Modèle déposé*, Pascal Le Brun a été le compagnon d'écriture de Benoît Poelvoorde pour *Jamais au grand jamais, Les Carnets de monsieur Manatane* et pour le long métrage de Christian Merret-Palmair *Les Portes de la gloire*.

LES CARNETS DE MONSIEUR MANATANE

Textes et illustrations
de Benoît Poelvoorde et Pascal Le Brun

INÉDIT

Éditions Points

Damien Panerai a réalisé l'adaptation des sketches.

Les auteurs et l'éditeur remercient Camille Diamante
pour sa participation à l'établissement de cette édition.

Les sketches *Les Carnets de monsieur Manatane*
et *Jamais au grand jamais* ont été diffusés par Canal +.

Les illustrations ont été réalisées
par Benoît Poelvoorde et Pascal Le Brun.

ISBN 978-2-7578-0658-6

Sommaire

Les Carnets de monsieur Manatane

Jamais, au grand jamais !

Bonus

Les carnets de monsieur Manatane

Le Viking

Un petit village campagnard, à l'heure du crépuscule.

Monsieur Manatane, vêtu d'un manteau de fourrure, déambule dans la rue.

Voix off

Depuis quelques mois, le petit village de Warisoulx connaît une effervescence sans précédent. Une jeune fille, la petite Erika Odin, a été renvoyée de l'école communale parce que sa religion l'obligeait à porter le couvre-chef traditionnel. Le papa d'Erika a introduit un recours contre cette décision et il vient d'obtenir gain de cause. Un premier pas vers la tolérance entre les peuples ?

Monsieur Manatane

Non : ça, on s'en fout, Nicolas. Non, ce qui me paraît important dans cette affaire, voyez-vous, c'est davantage le courage et l'obstination d'un homme qui, par sa seule force de caractère, a su imposer le respect de ses ancêtres et la noblesse de ses traditions. Prenons-en de la graine, messieurs, nous qui ne respectons plus rien, nous qui ne défendons plus rien, même pas les valeurs de nos ancêtres. Je m'en vais de ce pas serrer la main de ce brave homme. Odin ! Odin ! *(Il traverse la rue et s'arrête devant une maison)* Ah, voilà la bâtisse de monsieur Odin. Mon Dieu, comme elle est petite ! Comme cet homme a su rester simple…

Monsieur Manatane frappe à la porte.

Une voix d'homme lui répond

Qui c'est ?

Monsieur Manatane

Monsieur Odin ! C'est monsieur Manatane…

La voix

Le beau-frère à Jean-Luc ?

Monsieur Manatane

Non non, il doit y avoir une erreur… Non, monsieur Odin. Je suis comme vous : un défenseur des vraies valeurs. Ouvrez-moi, valeureux compagnon, que je vous serre contre mon cœur ! Ouvrez-moi, valeureux guerrier ! Ah, noble Viking…

Willy Odin ouvre la porte et apparaît sur le seuil : c'est un petit homme barbu, coiffé d'un casque à cornes.

Willy

Eh ! Y n'faut né gueuler ainsi ! T'as réveillé la p'tite ! Prochaine fois, tu passes par le jardin !

Monsieur Manatane et le Viking sont assis autour de la table du living. Willy sert quelques biscuits et une tasse de café dans des cornes. Dans un coin, la petite joue à la Barbie. La fillette, sa poupée et le chien portent le même casque à cornes que le père.

Monsieur Manatane

Willy, merci de me recevoir. Corne de bouc, il est fort, votre café Willy…

Willy, vous êtes Viking, et à ce titre vous violez, vous pillez, vous écartelez les prêtres et vous tabassez les boucs avec une batte. Il paraît que là où vous passez, l'herbe ne repousserait pas. Bravo. Mais surtout bravo pour le noble combat que vous menez pour la petite Erika !

Willy

Ce n'est pas ça, mais la petite veut garder son chapeau… Bon, c'est logique. Alors, la maîtresse l'a envoyée dans le fond de la classe parce que y a un élève derrière elle qui ne voit rien…

Mais Erika, elle voit pas une porte à un mètre…

Monsieur Manatane

Bien sûr… Willy, j'ai envie de vous poser une question qui me brûle les lèvres, vous allez voir… C'est vrai que vous buvez du plomb en fusion et que vous êtes sans merci, vous les Vikings ?

Willy *(tapant du poing sur la table)*

Moi, si on me dit s'il vous plaît, je dis oui ! Mais je vois pas pourquoi c'est moi qui ferais un effort !

Monsieur Manatane

Dites-moi, Willy : le bruit court que vous pillez régulièrement les villages voisins tout en violant des prêtres…

Willy

Bon, c'est vrai que quand j'ai touché ma paie c'est tournée générale et tout le bazar…

En période de soldes, on n'est pas près de nos sous : c'est la razzia chez Leclerc !

Monsieur Manatane

Et une fois le butin amassé, vous violez sauvagement, n'est-ce pas ?

Willy

Oh non… Je connais très bien la gérante : c'est la nounou à Erika.

Monsieur Manatane

Willy, on me dit que vous êtes chanteur. C'est vrai ?

Willy *(modestement)*

Si on veut…

Monsieur Manatane

Parfait ! Est-ce que vous accepteriez de nous interpréter quelque chose ?

Willy

Ouais !

Monsieur Manatane

Mesdames et messieurs, c'est un grand moment de télévision, car Willy Odin va nous interpréter une chanson d'une rare subversion. Au diable la censure ! Messieurs les censeurs, je vous dis crotte ! Willy : à toi, nous t'écoutons.

Willy s'installe au synthé, lance la bande-son, et commence à chanter

Pour un flirt avec moi, je ferais n'importe quoi…

Monsieur Manatane claque dans ses doigts et reprend le refrain

Pour un flirt… Oui ! ça pulse, Willy ! Ça groove, c'est tordant ! Quel rock'n'roll… Génial ! Allez, faisons hurler les baffles !

Willy, plus crooner que jamais

Ooooh, un petit tour, un petit jour…

La petite fille fait danser ses poupées.

Monsieur Manatane *(ravi, tapant dans ses mains)*

Oh, je sue, mais j'm'en fous…

Monsieur Manatane *(dans un fauteuil, contemple la fin de la séquence)*

Aah ! Le noble cœur… Merveilleux Willy !

Alors, pour ceux que le sujet a touchés, vous pouvez vous aussi aider notre ami Willy en achetant son dernier album de polyphonies vikingues…

(La pochette apparaît : Willy Odin et son ensemble)

En vous remerciant, bonsoir.

La Mort

Une vieille dame repose sur un lit d'hôpital. Elle porte un masque à oxygène. À ses côtés, un électrocardiogramme rythme sa pauvre solitude.

Voix off

Au moment crucial où il quitte cette terre vers un ailleurs incertain, l'homme découvre son vrai visage. Sa vie entière, ses passions et ses lâchetés, ses espoirs comme ses pauvres ambitions, il les revit à l'instant terrible où la Mort frappe à la porte.

Trois coups résonnent à la porte de la chambre. La clenche tourne d'abord lentement, puis de plus en plus frénétiquement : la porte paraît verrouillée.

La vieille se redresse et dit à travers son masque

Faut pousser !

La porte s'ouvre à présent pour laisser entrer la silhouette caractéristique de la Mort : le visage caché par une grande capuche, une faux à la main, la cape sombre de grande faucheuse s'avance lentement dans la chambre. Musique dramatique, éclairs et tonnerre !

Voix off

Mais l'homme est-il toujours bien préparé à accueillir la Mort ?

Après un ou deux pas, la Mort trébuche dans un mouvement grotesque et s'étale sur le carrelage. Elle se relève, retire sa capuche. C'est monsieur Manatane en personne.

Qui est-ce qui laisse traîner ces vieux pansements ? Oh, ça va les effets, hein, Françoise…

(Les éclairs, le tonnerre et la musique s'arrêtent)

Excusez-moi, Nicolas, mais votre question est vraiment pertinente, car on ne meurt pas toujours comme on a vécu. Trop de gens ont mené-t-une vie-t-exemplaire et ont tout gâché par un départ précipité.

Souvenez-vous du baron Philips, le fameux dandy : un homme d'une homosexualité excellente ! Une sommité du savoir-vivre et du bien parler.

Il ouvre le rideau, découvrant un autre lit où repose le corps du baron Philips, habillé d'un costume strict orné de la Légion d'honneur et de quelques autres distinctions. Une étiquette accrochée à son orteil indique la date du 24 décembre.

Eh bien, ça ne l'a pas empêché de crever la gueule pleine de boue. Le malheureux avait cru bon de nettoyer sa fosse septique le soir de Noël… On ne l'a retrouvé que deux jours plus tard, baignant dans les étrons : ses invités lui avaient chié dessus pendant toute la soirée.

Monsieur Manatane le secoue doucement comme un enfant qu'on berce, tout en chantant Jingle Bells, *puis s'approche du visage du baron Philips. Le cadavre a des cotons dans le nez, un filet de merde coule de la commissure de ses lèvres.*

Monsieur Manatane *(avec un air dégoûté)*

Ouch ! Vraisemblablement de la dinde !

Je doute que les circonstances lui aient inspiré une épitaphe inoubliable. Les derniers mots qui sortirent de sa bouche furent des bulles de merde…

(Il ferme le rideau)

Croyez-moi : les dernières paroles de la vie ne s'improvisent pas. S'il y a un savoir-vivre, il y a surtout un savoir-mourir. Point essentiel : pas d'improvisation !

Monsieur Manatane ouvre un deuxième rideau : un billard a pris cette fois la place du lit. Là, un cow-boy agonise dans son sang, la poitrine transpercée d'une demi-douzaine de flèches. Monsieur Manatane lui soulève la nuque pour recueillir ses dernières paroles.

Monsieur Manatane

Oh non, Bucks ! Qu'est-ce que c'est ? Les Sioux ? Toutes ces flèches… Tu as mal ?

Monsieur Manatane touche les flèches une par une : à chaque fois, le cow-boy pousse un râle différent. Comprenant le parti musical qu'il peut en tirer, monsieur Manatane s'amuse à le faire gémir sur l'air du film Le Bon, la brute et le truand.

Le cow-boy

Tu sais que ça me fait horriblement mal, ça… J'ai vu tant de choses que vous, les Sioux, ne pourriez pas croire. Écoute-moi bien, maintenant : j'ai traversé toutes les plaines du Wyoming… Et j'ai enfin vu les… les ver… Ah ! Comment dis-tu, déjà ?

Monsieur Manatane

Les vérandas ? Les verrues ? Les vertèbres ?

Le cow-boy

Non… Je… ah ! Je l'ai sur le bout de la langue… Aide-moi !

Monsieur Manatane

Un aphte ?

Le cow-boy

Mais naon ! C'est quelque chose de beaucoup plus gros…

Monsieur Manatane

Un kyste ? Un phlegmon ?

Le cow-boy

Mais non, je… Aargh ! *(Il meurt)*

Monsieur Manatane *(il passe la main sur les yeux grands ouverts du cow-boy, mais ne parvient à fermer qu'un seul œil. Toujours au chevet du mort, il se retourne vers la caméra)*

Ah, non, non ! Et voilà… Évitez le trou de mémoire ! Prenez des notes, que diable !

Monsieur Manatane *(il se place entre les deux cadavres et leur tient les mains)*

Dieu merci, pour chaque feuille qui tombe du grand arbre de la vie, il y repousse toujours une fève, une châtaigne, un marron, ou quelque chose comme ça, et merci bien.

LA CONCLUSION

Monsieur Manatane *(dans son fauteuil, il contemple la fin de la séquence)*

Ah, c'est merveilleux…

Alors, pour ceux qui auraient envisagé de décéder cette année, je ne saurais trop vous conseiller la merveilleuse convention obsèques de chez John Greenwich. En effet, il vous propose une formule bonus qui vous donne accès à un caveau ventilé et de belles poignées en laiton compensé. C'est fort élégant, et merci bien.

Allez, en vous remerciant, bonsoir.

L'Afrique

Un village africain traditionnel baigne dans une lumière dorée. Au milieu de la place bordée de modestes cases, on aperçoit une petite plante fleurie, éclose parmi la boue.

Voix off

Selon la légende, le Sénégal tire son nom d'une plante merveilleuse : la « Calendula Senegalis ». Cette petite tige rarissime met une dizaine d'années à germer et seul un plant sur mille donnera peut-être naissance à une fleur. On raconte que c'est parce qu'un imprudent en coupa une, voici mille ans, que le riche Sahara fut transformé en un enfer de sable… Au Sénégal, les indigènes la vénèrent comme un don du ciel et la surnomment : « Petite sœur des dieux ».

Un 4 × 4 arrive et s'arrête. La portière s'ouvre : un pied chaussé de rangers en sort et écrase la petite fleur.

C'est monsieur Manatane. Il contemple l'horizon. La moitié de son visage est peint de couleur vive, façon guerrier sauvage. À ses côtés se tient N'djala, un grand autochtone de 2 mètres.

Monsieur Manatane

Vous ai-je dit, Nicolas, que j'étais amateur d'animaux sauvages ?

Le Sénégal est à la faune sauvage ce que le Cambodge est à la jambe de bois : une véritable Terre promise. *(Il sort ses jumelles)*

Oh ! là, là ! N'djala, N'djala ! Tu avais raison, mon fidèle pisteur : elles sont là ! Mon Dieu, comme elles ont soif ! Allez, viens, N'djala, on va aller voir ça de près...

(Il remonte dans le 4 × 4, qui démarre)

Monsieur Manatane *(exalté devant le paysage qui défile)*

N'est-ce pas délicieux de découvrir tous ces nobles quadrupèdes qu'on croirait tout droit sortis de la barque de Monsieur Noé ? Bonjour, Madame la girafe ! *(il imite le barrissement de l'éléphant)* Monsieur l'éléphant ! Raw raw Monsieur le tigre ! Salut à vous, Monsieur le gnou ! Alors ? On est venu se désaltérer ? Je vous aime, je vous aime !... Vous savez, à force de traquer le gibier, il s'installe entre l'homme et la bête une sorte de complicité sourde, une émotion toujours nouvelle qui unit le prédateur et l'animal dans une étreinte mortelle. Regarde, N'djala ! Voilà une mère et ses petits… Mon Dieu, quel charmant tableau ! Je m'en vais y mettre de la couleur ! *(Il sort son fusil à lunette et tire. Mortellement touché, un lion s'écroule)* N'djala, je l'ai touché ! Oh mon Dieu, N'djala, allons vite voir, on peut peut-être faire quelque chose… Vite, vite…

La voiture est maintenant arrêtée. Monsieur Manatane, le fusil braqué sur sa proie, a pris une figure attristée.

Aah ! les tourments du doute. Ai-je le droit de souffler la petite flamme de vie qui danse devant moi ? Je ne sais pas… Je t'entends frémir, redoutable adversaire, mais c'est le tragique destin de la chaîne de la vie : « Manger ou être mangé », *Eat or not to be eat*. C'est la loi des carnassiers.

Monsieur Manatane achève la bête d'une rafale.

Le jour tombe. On retrouve les deux hommes autour d'un feu de bois. Monsieur Manatane est assis sur un tabouret pliant, les jambes croisées. À la main, il tient une écuelle remplie d'asticots grillés.

Hélas, je suis végétarien depuis cinq ans. Délicieux, tes asticots, N'djala !

(Il porte une limace à sa bouche et en jette une à N'djala)

Oh oui, je sais ce que vous vous dites : « Comment peut-il absorber de telles cochoncetés ! » Mais sacré nom d'une pipe, c'est ça aussi, l'Afrique ! Un homme du monde se doit de se tenir au courant des spécialités culinaires locales des pays qu'il visite. Il faut avoir le courage de faire fi de ses vieux réflexes bourgeois ! L'Afrique, ce n'est pas la Tour d'Argent ! Mais, sacré nom de Dieu, elle vaut bien quelques étoiles dans votre guide, monsieur Pirelli !

(Il désigne une matière boueuse sur la semelle de sa chaussure)

Tenez, rien que là-dedans, il y a assez de protéines pour nourrir une famille pendant deux jours… Ici, ça s'appelle du « Couca ». C'est une sorte de petit lichen sombre et brun qui pousse aux pieds des baobabs sauvages. Un véritable complexe vitaminé !

(Il porte une grosse cuillerée de « couca » à la bouche)

Mmmh… Exquis ! La mise en bouche est essentielle… Mmmh… Celui-ci possède une attaque un peu sèche – un peu jeune, peut-être ? – mais il danse dans la bouche : il faut lui donner le temps de s'installer, ne pas avoir peur de s'imprégner le palais de cette saveur un peu muscadée… Tiens, prends-en un peu, N'djala ! *(Il en reprend de plus belle et s'en tache le menton)* N'djala ! Prends-en aussi, fidèle compagnon ! Attention, parce qu'il dégage un max !

N'djala

Ça pas couca, ça gwosse mewde ! Espèce de gwos powc.

LA CONCLUSION

Monsieur Manatane *(dans un fauteuil, contemple la fin de la séquence)*

Ah ! *Errare humanum est…*

Je reçois énormément de courrier – et merci bien – de nos amis chasseurs. Alors, pour tout ce qui est association de chasseurs, petits recoins de braconnage à découvrir et chasse à la tourterelle, je vous conseille la référence en la matière que sont les ouvrages de madame Bardot (couverture du livre : *Brigitte Bardot*, *Le chant des tourterelles*)

Je signale encore aux amateurs la sortie du nouveau modèle de chez Browning : calibre 16, soixante coups à la minute ! Avec cette semaine une jolie promotion à l'achat de trois boîtes de cartouches : une carte des migrations de la tourterelle. Très pratique.

Allez, en vous remerciant, bonsoir.

G.D.L.F.

(prononcez Dji.Di.El.Ef.)

À l'intérieur d'une église, deux personnes dorment dans des fauteuils, emmitouflées dans une couverture. Une infirmière veille sur eux.

Voix off

Aujourd'hui encore, des hommes et des femmes se laissent mourir de faim pour faire valoir leurs droits les plus élémentaires : le droit à la différence, au travail, le droit à la liberté d'expression. À la vie, tout simplement.

Devant l'autel, monsieur Manatane est confortablement installé dans une couverture de soie, sur un fauteuil design. Il est occupé à mélanger des couleurs sur une palette, un chevalet à côté de lui. On voit près de lui un poste de télévision, un nécessaire de toilette, quelques liqueurs et alcools, des livres, un échiquier, des plantes et une couronne de fleurs ornée d'un carton : « Félicitations, le Rotary Club ».

Voix off

Peut-on tolérer, au XXᵉ siècle, que des hommes se laissent aller à de telles extrémités ?

Une explosion retentit, et de la fumée envahit l'église. Des gens passent en courant dans tous les sens : pompiers, infirmiers, gendarmes…

Monsieur Manatane *(imperturbable au milieu de la panique générale)*

Certainement pas, Nicolas ! Messieurs, quand on entreprend une G.D.L.F. – entendez : une « grève de la faim » –, la reconnaissance des autres commence toujours par le respect de soi-même. Quelle que soit la pertinence de vos revendications, elles n'excuseront en rien votre manque de maintien.

Même en des circonstances extrêmes – surtout en des circonstances extrêmes ! –, il convient d'élégance conserver...

Gendarmes, vous êtes en train d'occulter ma lumière ! Gendarmes, je sens poindre mon courroux ! *(Un infirmier en blouse blanche l'aide à se relever)* Allez Baptiste : partons, car les forces de l'ordre laissent une fois de plus parler la violence...

(Il marche dans la fumée, soutenu par l'infirmier)

Une tenue correcte, un sourire pour le petit personnel ou un encouragement à celui qui nous quitte ne sont pas ici choses superflues. Ouch ! Doucement, je suis goutte, je suis courbatures !

(L'infirmier lui remet un précieux livre relié)

Monsieur Manatane, votre bible !

Monsieur Manatane

Ah, merci !

Vous savez, il est de ces nourritures spirituelles qui, dans l'adversité, sont de véritables dopants...

« Il n'est pas de douleur humaine qui résiste à deux bonnes heures de lecture », disait mon ami Montesquieu. Et il avait raison, le bougre… *(Monsieur Manatane feuillette l'ouvrage : on s'aperçoit alors que c'est un faux livre, qui cache quelques barres chocolatées déjà entamées)*

Mais attention, prenez bien garde à effacer toutes les petites traces de choco sur la bouche, sinon c'est l'humiliation devant les caméras… Gendarmes, mettez un homme à ma disposition : je sors. *(Un gendarme effleure la manche de son manteau fourré)*

Gendarme, je me permets de vous signaler que c'est du cachemire… 60 % de nylon certes, mais c'est du cachemire. Je sais que cela échappe à votre entendement, mais quand même !

À la sortie de l'église l'attend une foule de manifestants avec des banderoles et des appareils photo dont les flashes retentissent.

Monsieur Manatane

Ah oui, la montée dans le fourgon est très importante, car c'est un peu le couronnement de ces quatre semaines de jeûne…

Alors, trois possibilités s'offrent à vous : le petit poing rageur, je n'en suis pas fou…

À éviter : le bras d'honneur, sémantiquement assez pauvre et relativement vulgaire… Personnellement, je préconise et conseille vivement le V de Victoire, c'est international et esthétiquement beaucoup plus élégant.

Il fait le geste, l'image se fige et devient la une de Paris Match, *qui titre : « Ils ont gagné ! Monsieur Manatane : Faim moi ? Jamais ! Il a soutenu les grévistes de la faim jusqu'au bout ! Nos photos exclusives. »*

LA CONCLUSION

Monsieur Manatane *(dans son fauteuil, contemple la fin de la séquence)*

Ah, que de souvenirs, n'est-ce pas ?

Alors, à ceux que le sujet interpelle, je conseille le merveilleux livre de mademoiselle Béart (vous savez, la fille du troubadour) : *À manger du foin*, aux éditions Laffont.

Et, bien sûr, l'incontournable essai de madame Zulawski : *Menteuse*.

Allez, en vous remerciant, bonsoir.

Le Japon

Devant un pavillon japonais, deux combattants s'affrontent en costume de kendo sur fond sonore de chant tantrique. Coiffés du casque protecteur traditionnel, ils échangent avec noblesse estocades et parades diverses.

Voix off

Symbole de raffinement et de belle patience, le Japon est resté profondément attaché à une culture millénaire. Malgré cela, le pays du matin calme a su s'imposer en quelques décennies comme la première puissance économique mondiale. Comment ce pays de dimensions modestes est-il parvenu à faire trembler l'Occident ? Quel est le secret de la force du Japon ?

L'un des deux combattants s'est arrêté et enlève son masque protecteur.

Monsieur Manatane *(qui s'empresse de répondre à la question)*

Dites donc, il est bien temps de se poser cette question, Nicolas ! Car je ne sais pas si vous le savez, mais en 1547, à leur retour en Espagne, Marco et Polo disaient déjà-t-à la reine, autour d'une bonne tasse de thé : « Reine, de tous les peuples d'Asie, les Japonais sont les plus petits. Mais ce sont de fiers guerriers. » *(il repart en hurlant, puis s'arrête de nouveau)*

Ah, les arts martiaux… L'histoire devait leur donner raison, car la force n'est pas une question de taille, non, non, non ! Ce qui fait la puissance du bridé, c'est son extraordinaire capacité de concentration, l'énergie qu'il puise à catalyser ses émotions !

Monsieur Manatane jette un regard sur son adversaire japonais, tout en manipulant cérémonieusement son bâton.

À l'aide de ce simple bambou, le Japonais équilibre tous ses conflits intérieurs ! *(il donne un coup tranché)* Ah, on est évidemment loin de la force brutale de l'Occidental. Regardez où en est Cassius Clay, monsieur Mohammed Ali : il prétendait faire trembler le monde, mais le malheureux à présent ne peut plus servir le thé sans éclabousser ses invités ! Triste spectacle, hein, Soseki ?

(Le Japonais crie quelque chose de bref à monsieur Manatane)

Ha, ha, ha ! Vous vous demandez sans doute ce que vient de me dire mon excellent ami, le Maître

Soseki ? Eh bien, c'est très simple, il vient de dire : « Demain, je violerai tes enfants et je boufferai tes poules ! » C'est bien ça ? *(le Japonais acquiesce)* Oh, ne voyez là nulle offense, nulle agressivité, ce ne sont que formules rituelles : laisser parler son Yin tout en écoutant son Yang.

Monsieur Manatane se tourne vers son adversaire et lui crie à son tour une courte phrase.

Ha, ha, ha ! Mon Yang lui a répondu : « Et moi je te tirerai les oreilles devant le temple de Tchang-Li ! » Ha, ha, ha ! Et j'ai ajouté : « Cre... »

Le bâton du Japonais surgit et s'immobilise à un centimètre du crâne de monsieur Manatane pour l'inviter à reprendre le combat. Monsieur Manatane reprend place devant son adversaire et les combattants échangent quelques coups arrêtés.

Remarquez bien que le coup ne porte pas. Il est ample, mais il réserve son estocade. Ah, tu veux la bagarre ? Arrière ! On retrouve l'immobilité du héron. Il faut amplifier le mouvement pour communiquer par le geste.

À mesure qu'avance le combat, les coups de Maître Soseki se font plus appuyés. Monsieur Manatane reçoit un coup sur le flanc.

Fais doucement, quand même, hein, Soseki ?!!

Voyez comme le Japonais a une conception plus raffinée du combat. On ne parle d'ailleurs pas de combat, mais de rencontre, d'échange et de partage…

« Si la violence t'étreint, c'est que tu es faible », disait Tanizaki. Et en effet, dans le Budo, toute l'énergie est canalisée dans la retenue des coups.

Cette fois, monsieur Manatane vient de se prendre un méchant coup au ventre qui le fait tomber à terre. Il s'énerve franchement.

Mais tu tapes en traître, salopard !

Monsieur Manatane revient au combat, bien décidé à ne pas se laisser faire. Il prend son adversaire à la gorge et se met à le rouer de coups.

Tu vas le regretter ! Tout ça parce qu'il y a la télévision, hein ?

Je vais te le botter, moi, ton vilain cul ! Et ça, c'est du Yin ? Et ça, c'est du Yang ? Et ça, c'est pour Pearl Harbor, crapule !

Il gifle Soseki, et se sert du bâton comme d'un levier pour arracher son casque.

Je m'en vais te retirer ton couvercle !

Enfin, il lui enfonce le bâton dans la gorge. C'est le coup fatal : Soseki ne bouge plus.

Soseki ? Ohé, Maître Soseki ? Je déconnais, quoi… Je me suis un peu emporté… Bah…

Voyant qu'il n'y a plus rien à faire, monsieur Manatane se relève, salue à la japonaise et s'en va.

Je vais me changer, hein…

LA CONCLUSION

Monsieur Manatane *(dans son fauteuil, contemple la fin de la séquence)*
Ha, ha, ha ! Merveilleux pugilat…

Si la patience japonaise vous intéresse, le mikado reste un excellent moyen – et moins dangereux – de s'initier à la philosophie Zen. Actuellement, la tendance est au karaoké.

Ah, pour ceux qui s'inquiéteraient du sort de monsieur Soseki, rassurez-vous : il va bien, il fait de la calligraphie maintenant… avec ses pieds. C'est très joli, mais d'assez mauvais goût.

En vous remerciant, bonsoir.

Laboratoires Jean-François Manatane

Des publicités pour produits de beauté se succèdent avec les stars de l'écran les plus glamour : Catherine Deneuve, Carole Bouquet, Sophie Marceau, et enfin une affiche pour la crème hydratante des laboratoires Jean-François Manatane, avec Michel Galabru sur fond de fleurs des champs.

Voix off

Catherine Deneuve, Carole Bouquet, Sophie Zulawski : on ne compte plus le nombre de vedettes françaises qui mettent leur beauté au service d'un produit ou d'une marque. Mais ces visages éclatants et sublimes ont-ils vraiment besoin d'artifices pour rayonner et nous faire rêver ?

Monsieur Manatane *(en blouse blanche, devant l'affiche de sa crème hydratante)*

La question n'est pas là, Nicolas. Nos amies les vedettes sont des exemples, des modèles de beauté classique pour nous les créateurs.

Monsieur Manatane entame une promenade dans son laboratoire, accompagné par une caméra complaisante.

Grâce à eux, dans les laboratoires Jean-François Manatane, nos chercheurs mettent au point les produits qui, un jour, seront votre quotidien. *(Il passe devant une affiche de lui-même grandeur nature portant un flacon de son déodorant)* Tenez, j'avais un ami chanteur qui souffrait d'un excès de séborrhée classique au niveau du filtre hydrolipidique de l'épiderme ; vous savez, ce genre de chanteur à peau salement dégueulasse… Le mec qu'on n'embrasse pas, qui suinte littéralement des joues, qui dégoûte : comme s'il avait déminé un champ de gravier, étant enfant.

Monsieur Manatane est arrivé devant la table de travail d'un chercheur qui a la tête plongée dans un seau. Il prend sur cette table une épaisse tranche de lard fumé.

Regardez cet agrandissement que nous avons réalisé d'un échantillon de sa peau juste après un gala : on voit bien les petites cavités où le pus s'est logé pour dormir.

Eh bien, sur base de ces observations, le professeur Tavier et moi-même avons mis au point la lotion revitalisante « Pour le Plaisir » *(son assistante lui met le flacon dans la main)* qui combine les vertus protectrices et hydratantes du prorétinol et de l'ADN végétal. Dix minutes de trempage avant le spectacle, et votre visage retrouve son éclat et sa vitalité naturelle. *(Il extrait un instant de son seau la tête de son cobaye chercheur)* Merci Suzon. *(Il lui replonge la tête dans le seau)*

Chez Jean-François Manatane, nous sommes très sensibles à vos problèmes de peau !

Monsieur Manatane se remet en route vers un autre chercheur.

Mais il en est qui demandent des solutions plus radicales. Écoutez cette petite histoire…

J'avais une amie chanteuse (dont je tairai le nom – secret professionnel oblige – et qui eut son petit succès dans les années soixante), qui vint me voir un jour et me dit : « Jean-François, je crains que mon visage ne soit un peu fané… » *(Il extrait de sa poche et déploie une barde de lard de trente bons centimètres)*

Je lui ai dit : « Non, Sheila. Tu as simplement trop de peau sur la gueule. »

Nous l'avons opérée et ce fut un franc succès : quinze bons centimètres de parchemin… Elle est méconnaissable.

Chez Jean-François Manatane, vos désirs sont d'abord nos priorités.

Monsieur Manatane s'est arrêté devant la table d'une autre collaboratrice. Elle lui présente une photo de Carlos, dont les yeux sont masqués par un cache.

Terminons à présent avec les problèmes de sudation. Regardez cet homme : c'est un comique troupier. Merveilleux métier que celui de faire rire, mais combien éprouvant quand le corps ne possède pas la finesse de l'esprit... En effet, on n'a pas toujours le physique de son humour.

Je l'ai vu jouer, ce conquérant : à la fin de son spectacle, il mimait avec intelligence une scène fort amusante où l'on voyait un Arabe qui volait une voiture à un Belge. C'était finement observé et fort amusant, mais ça sentait le mouflon dans toute la salle ! Évidemment : il joue en salopette pour faire le sympa. Mais c'est épouvantable !

C'est ce qui nous a donné l'idée, aux laboratoires Jean-François Manatane, de créer « Jouvence », le premier déo-stick à base de beurre de ferme. Comme ça sent bon la campagne ! *(Il le fait sentir à l'assistante)* Alors, vous aussi, soyez convaincu et venez rejoindre les nombreux adeptes de Jean-François Manatane : les meilleurs produits cosmétiques.

LA CONCLUSION

Monsieur Manatane *(dans son fauteuil, contemple la fin de la séquence)*

Merveilleux ! Évidemment, nos produits sont relativement coûteux, j'en conviens. Mais il faut savoir que chez Jean-François Manatane, tous les produits sont testés sur animaux vivants !

(On voit l'image scandaleuse d'un lapin enfermé dans un carcan)

Et je ne sais pas si vous imaginez combien coûte l'entretien d'une tribu de macaques !

Allez, en vous remerciant, bonsoir.

On n'a plus de sous

Monsieur Manatane dans un décor virtuel, face à un écran noir. Mains dans les poches, l'air contrit.

Monsieur Manatane

Vous vous demandez sans doute comment fonctionne la télévision. Eh bien, il arrive quelquefois que nous ayons dépassé les fonds qui nous sont destinés pour la création. C'est-à-dire que, parce qu'on a un peu claqué le pognon dans la boisson, la bouffe et tout ça, eh bien on est un peu secs sur l'argent qui reste pour les sketches…

Alors, y en a toujours un qui va être moins bon, avec moins de moyens… et c'est celui-ci.

Alors ce qu'il faut, c'est remplir trois minutes en faisant des conneries.

Je vais danser un peu avec un fond musical et on va vous mettre des images à l'arrière…

(Il regarde sa montre) J'en ai déjà pris une minute cinq, là…

Il se met à chanter et à danser : « Ouaiis chantez, chantez merveilleux… »

LA CONCLUSION

Le fauteuil de monsieur Manatane, vide.

La Bosnie

Un intérieur bourgeois, où trône en bourdonnant l'écran allumé d'un ordinateur multimédia. À côté de l'écran, parmi une pile de CD, une tasse de thé fumant et quelques biscuits.

Voix off

À l'ère du multimédia, les progrès de l'informatique ont permis à l'homme moderne de voyager sans quitter sa chambre. Désormais, les horizons lointains sont à la portée de toutes les bourses. Mais les voyages virtuels ne sont-ils pas en réalité un repli sur soi, une nouvelle forme de solitude ?

Monsieur Manatane est assis devant l'ordinateur. Il est en pyjama et dort profondément. Il lève la tête, s'aperçoit qu'il est filmé, se réveille franchement.

Monsieur Manatane

Excusez-moi, je m'étais assoupi avec Khalil *(il montre un livre ouvert sur ses genoux)*

Mais… Vous dites des bêtises à propos de cette solitude, Nicolas. Vous comprenez, les gens n'ont pas toujours la chance ni les moyens de réaliser les voyages dont ils rêvent. C'est pourquoi j'ai composé moi-même un petit programme interactif qui permet aux moins favorisés de visiter le monde.

Prenez la Bosnie, par exemple : il y a de cela deux ans, c'était inabordable, les voyages en Bosnie ! À part quelques rares privilégiés comme mon ami Bernard-Henri, personne ne pouvait se payer le moindre Jet. À présent, pour $ 53, oui, 53 dollars et grâce à ma merveilleuse collection *All over the World*, on peut traverser l'univers à dos de souris ! « Souris », c'est du langage computer…

Mais vous allez voir : les images parlent d'elles-mêmes.

Monsieur Manatane extrait un CD-rom de la collection qui se trouve devant lui.

Voyez, je l'insère dans le boîtier, ensuite je rentre dans le jeu, et en avant pour la Bosnie ! Regardez : on choisit son degré de difficulté… Je me mets toujours sur la fonction *no mercy*, sans pitié, parce que sinon, je les vois arriver et je m'ennuie… Allez je prends la fonction « casque bleu », comme ça je suis invulnérable…

L'image devient celle de l'écran d'ordinateur de monsieur Manatane. Elle a la configuration exacte de l'interface du jeu Doom II. *Sur le fond des portes fermées d'une garde-robe apparaissent les niveaux de difficulté de Doom : le crâne se stabilise sur le niveau « ultra-violence ».*

Monsieur Manatane *(off)*

Allez, en avant la Bosnie ! Une fois arrivé à Sarajevo, oubliez vos vêtements tristes de touriste idiot, et laissez-vous charmer par l'éventail coloré des panoplies locales toutes plus originales les unes que les autres.

On arrive à l'équipement du soldat : fusils, boîtes de pharmacie, et surtout les armes : fusil, pistolet, poing américain, tronçonneuse.
Le jeu commence. On avance dans une rue. Une petite vieille court se réfugier sous une porte cochère.

Monsieur Manatane *(off)*

Dans les ruelles de la vieille ville, la convivialité est un maître mot et l'autochtone appréciera grandement vos efforts pour vous intégrer à la population locale. Ah oui, pensez à faire le plein de munitions, on n'est jamais trop prudent. Ah ! ah ! Qu'est-ce que je disais ? *(Un guerrier surgit coiffé d'une toque de fourrure. Il est dégommé d'un coup de fusil)* Vous serez surpris de constater que, malgré le fossé de la langue, un regard ou un hochement de tête suffisent pour amorcer le dialogue… *(Quatre casques bleus sortent d'une voiture)* Oh, des Schtroumpfs ! Des Schtroumpfs de l'ONU ! Ha, ha, ha ! Tenez, tenez, je distribue des plombs ! *(Il les massacre joyeusement. Un autre tueur à gauche, puis un troisième qui sort d'un soupirail tombent sous les balles)* Mon Dieu, que c'est grisant ! Voilà une bonne chose de faite. Ah, tu t'étais caché, hein ? Tiens, déguste ça ! *(Retour à la voiture, où de nouveaux casques bleus armés se font tirer dessus…)* Hou ! là, là ! Les gros méchants, vous étiez venus en nombre, hein ? Ha, ha, ha ! Vous voyez, on se jauge, on s'évalue, on s'estime, on prend le temps de… de… *(Un tueur en casquette surgit)* Oh, je ne l'avais pas vu ! Tiens, prends-toi 20 000 volts dans le cul avec mon turbo-laser ! Je vais me rependre un peu de vitamines et me refaire une santé, sinon… Ah, je me sens plus fort ! Oh, mais qu'est-ce que… ? *(Un tueur armé d'un couteau arrive en gros plan)* Salopards de civils, on ne les

voit pas arriver ! C'est la fonction *no mercy*… *(Nouveau décor, plus aéré)* Ah, un nouveau niveau ! Cette fois, je ne prends plus de risques, je tire tout de suite les civils, comme ça… Merde, un sniper… C'est 15 000 points si je l'ai du premier coup, mais… Oh, tu t'acharnes ? Tiens, voilà… *(il lui balance une rafale)* Ah, ça c'est le marché de la vieille ville *(On arrive à un petit marché assez misérable avec quelques stands. Au premier plan, des types se réchauffent les mains autour d'un bidon empli de braises)* Coucou, c'est monsieur Manatane ! Qui veut du potage aux pruneaux ? *(Les types sortent leurs fusils, mais sont mitraillés)* Ha, ha, ha !…

Ah, le vieux marché… Vous savez, quand on arrive au marché, on est surpris par le chatoiement des étoffes et l'opulence des velours d'ameublement… C'est souvent du mohair… Tiens, je vais te refaire une boutonnière, ha, ha, ha ! *(Il attaque une vieille dame à la tronçonneuse)* Dis donc, t'as pas des boutons de manchettes, toi ? Oh, bonjour joli vendeur, comme ton échoppe est bien achalandée *(C'est un vieux marchand derrière son étal, qui vend quelques salades, poireaux et au premier plan, de la volaille)* Qu'est-ce que c'est, du poulet ? *(Le marchand sort une mitrailleuse et tire le premier, les impacts de balles s'inscrivent sur l'écran)* Ah, mon Dieu, quelle violence ! Tricheur ! *(L'écran devient rouge. GAME OVER)*

LA CONCLUSION

Monsieur Manatane *(dans son fauteuil, contemple la fin de la séquence)*

Ah, merveilleuse cyberculture ! Évidemment, on ne gagne pas à tous les coups !

(Pochette du CD-rom : « La Palestine, the ultimate game ») Et en fait, moi je suis beaucoup plus fort avec le CD de la Palestine, parce que celui-là, il est amusant comme tout : il y a des petits bonshommes qui jettent des cailloux. Alors moi, je me prends

double mitrailleuse sur les deux côtés, je flashe, je me mets en « invulnérable » et je les pulvérise. C'est amusant.

La semaine prochaine on vous annoncera le jeu pour l'Albanie, il est en train de se faire, et c'est une merveille : on a trois tanks pour un seul petit personnage !

Allez, en vous remerciant, bonsoir.

La fin du monde

Une plage de sable blanc vue à travers des rochers. Au loin, un homme avance. C'est monsieur Manatane. Il porte une longue barbe de naufragé et des vêtements hétéroclites : une toque, des lunettes d'aviateur, un gros sac à dos et deux lapins en bandoulière.

Voix off

En l'an 2017, la Troisième Guerre mondiale a détruit toute vie sur terre… Seul un homme a survécu à l'apocalypse…

Monsieur Manatane *(se laissant tomber à genoux, le regard incrédule)*

Non… Non, c'est pas vrai ! Oh, mon Dieu, c'est pas vrai : ils l'ont fait ! Ah, les fous ! Oh, je vous hais ! *(Il tape des poings sur le sable, puis se relève en prenant le ciel à témoin)* Oh, je vous hais ! Soyez maudits jusqu'à la fin des siècles !

(Sur un bunker à moitié enfoui dans le sable apparaît une plaque de rue : « Avenue Émile-Zola »)

Une faute d'orthographe à Émile Zolla ! Il faut deux l à Zolla !

Ah, c'est atroce, Nicolas... Tout cela a été tellement vite... Il n'y a pas de mots, vous savez, pour décrire ce que j'ai ressenti. Le problème avec moi, voyez-vous, c'est que je ne supporte pas le bordeaux... Mon beau-frère Jean-Luc tenait absolument à me faire visiter sa cave, mais moi j'avais déjà picolé du sancerre toute l'après-midi... Alors, peut-être est-ce les mélanges, je ne sais pas... Toujours est-il que j'ai ressenti comme une bouffée de chaleur, j'ai littéralement vomi sur Jean-Luc mon beau-frère et je suis tombé la gueule en avant dans la cave.

Sans doute est-ce à ce moment-là que l'humanité a pété, quand mon beau-frère est remonté prévenir mon épouse, parce que moi je n'ai rien entendu : je dormais. Et quand je suis remonté, ils avaient tous fondu...

C'était atroce, épouvantable : j'ai eu une langue comme un gant de toilette pendant deux jours, une gueule de bois épouvantable... Mais bon, c'est pas la fin du monde non plus ! *(Il ricane et plante un panneau avec l'inscription : « Simon Manatane – propriété privée – chien méchant »)*

Si la fin du monde se présente à vous, autant repartir sur des bases solides. Mais venez, entrez, je vais vous faire visiter…

Monsieur Manatane se dirige vers sa maison de survie, un bunker aménagé. « Home sweet home » *est inscrit sur la paroi, et quelques photos sont affichées. On y a accroché un auvent de caravane, qui surplombe une table avec nappe à carreaux, une chaise longue, un parasol, un vase avec des plumes, et un poste de radio.*

Ah, qu'on est bien dans une maison bien entretenue… Vous savez, je n'ai aucun mérite. Eh non : je possède une maîtresse de maison ! Que serait la vie d'un survivant du Nouveau Monde s'il n'avait à ses côtés une compagne qui s'occupe de sa demeure ? Une compagne, une femme, une fée du logis, quoi !

Laissez-moi vous présenter… China ! Ah, ma China… *(Une silhouette féminine surgit entre les dunes, qui fait coucou)* Elle a 19 ans, elle est superbe… Je l'ai trouvée parmi les dunes en train de se faire bouffer par les porcs… *(China s'approche : c'est une femme âgée avec des couettes de squaw, qui porte sur un pull à col roulé une robe en peau de panthère)* Tu es allée te promener ? (*Elle lui donne un baiser*) Elle est merveilleuse ! J'ai de la chance… Eh oui, parce que vous savez, de la chance, il en faut quand on est, comme nous deux, bientôt obligés de perpétuer la race humaine… Nous sommes un peu les nouveaux

Adam et Ève. (*Ils se regardent amoureusement*) Tout doit recommencer… Tu veux que je te mette ta musique ? Il allume la radio à côté qui diffuse la chanson de Ricoré : « Le soleil vient de se lever, encore une belle journée, il va bientôt arriver, l'ami Ricoré… » *(La caméra s'éloigne)*

LA CONCLUSION

Monsieur Manatane *(en costume, vautré dans son fauteuil face à l'écran. Il ronfle et se met à parler dans son sommeil)*

Ma China… Ma China… Souffle-moi dans le cul, ma panthère ! *(Il se lèche les babines, puis ouvre un œil, se rend compte de la situation et se redresse)* Ah ! Excusez-moi, je m'étais assoupi… Trop de travail, trop de travail… Et bien, écoutez, je n'ai rien à ajouter : voilà une très belle séquence… En vous remerciant, bonsoir.

La mort en auto

Une autoroute à la nuit tombante. La circulation est dense et fluide. Dans le flux des voitures se détache une moto de route qui s'approche à toute vapeur.

Voix off

S'il a vaincu la tuberculose et la laryngotrachéite, il est un fléau mortel que l'homme n'a pu enrayer. En cette fin de XXe siècle, la circulation routière est devenue la première cause de mortalité en Occident. Une grave question se pose.

Plus d'une fois sur deux, la mort arrive-t-elle au volant d'une voiture ?

La moto s'engouffre dans la cour d'un hôpital et s'immobilise dans un crissement de graviers. C'est la Mort, toute vêtue de noir, qui conduit. Elle enlève son casque : on reconnaît monsieur Manatane, qui descend de moto et fixe le cadenas. Il s'empare d'un sac Adidas qui contient sa faux. Il a l'air très pressé.

Monsieur Manatane

Normalement oui, Nicolas. Mais là j'ai eu un petit problème avec la voiture : elle est à l'entretien, alors j'ai pris la motobylette de mon beau-frère.

Il entre dans l'hôpital.

Est-ce que quelqu'un peut surveiller la moto, parce que j'ai pas mis l'antivol ?

Monsieur Manatane salue au passage quelques connaissances, en vieil habitué des lieux.
Il prend l'ascenseur avec un malade qui se promène avec son baxter.

Monsieur Manatane

Salut, René. Alors, on dîne en ville ? Je passe chez toi dans une heure ? Ha, ha, ha ! Je plaisante ! Mon Dieu, ce qu'ils peuvent être cul tendu ici…

Il sort de l'ascenseur. Dans le couloir, à la cantonade.

Coucou, c'est moi…

Arrivé à la réception de l'étage.

Salut, Gigi.

La réceptionniste

Chambre 512, en réanimation.

Monsieur Manatane

OK. À demain, Gigi. *(En s'éloignant)* Dieu, ce qu'elle a bonne mine, c'est désolant...

Monsieur Manatane ouvre la porte de la chambre 512.

Bonjour, bonjour... Oh, ça pue le renfermé ici... Le fromage des gastronomes en culotte courte...

Oui, je plaisante, mais croyez bien que quand la Mort frappe, elle ne prévient malheureusement pas toujours ! C'est pourquoi il convient de se tenir prêt en toutes circonstances. Hélas, il est toujours quelques inconscients, quelques réfractaires qui se croient à l'abri des coups de hache du destin.

Monsieur Manatane se dirige vers le lit où repose un gros adolescent victime d'un accident de la route, qui porte un T-shirt sanguinolent avec l'inscription : « Pas de problème ! » Le blessé est coiffé d'un casque de walkman et on perçoit les grésillements de la musique qu'il écoute. Il respire avec un masque à oxygène.

Monsieur Manatane

Regardez-moi ça ! Quel manque de tenue ! On s'est dit : « Ça n'arrive qu'aux autres ! » et on n'a pas jugé utile de soigner sa tenue. On fait moins le malin, maintenant...

Monsieur Manatane soulève légèrement un écouteur du walkman : on reconnaît La Macarena.

Affligeant, n'est-ce pas ? Tout est dit.

Monsieur Manatane s'est placé devant le second lit de la chambre. Un adolescent dans un poumon d'acier s'apprête à rendre son dernier soupir, entouré de ses parents.

Monsieur Manatane

Vous savez, on ne meurt qu'une fois. Il faut donc saisir cette chance de laisser un souvenir impérissable dans le cœur de ceux qui vous aiment. Le choix de la musique par exemple...

Tout en parlant, monsieur Manatane sort une cassette audio de sa cape, en retend la bande à l'aide d'un crayon et l'insère dans le magnétophone du mourant. C'est de la musique classique à pleurer, jouée par un orchestre à cordes. On assiste au dernier dialogue entre le mourant et ses parents. Devant cet exemple déchirant, monsieur Manatane a bien de la peine à contenir ses larmes.

Le fils

Maman ? Je... je sens que je pars... Je ne sens plus mes jambes.

La mère *(très digne)*

Tu te fais du mal, mon petit garçon, tu te fais du mal...

Monsieur Manatane

La belle émotion !

Le père

Courage ! Il le faut, tu m'entends… Comprends-moi, bon sang !

Le fils

Je… Ooh ! Je meurs d'avoir trop aimé… J'ai comme une boule… Prout !

Monsieur Manatane *(un peu gêné)*

Oui… Évitez de manger lourd, si possible.

LA CONCLUSION

Monsieur Manatane *(dans son fauteuil, contemple la fin de la séquence)*

Alors, à tous les amateurs de vitesse pure et de gros cubes, je conseille le merveilleux volume de mon ami Ayrton Senna : *Le Mur.* Il n'y a malheureusement qu'une simple préface, mais elle est abondamment illustrée. Vous la trouverez aux éditions Renault.

Allez, en vous remerciant, bonsoir.

Jo-Gant-de-laine

Un village du Far West. Dans une ruelle déserte, un peu de paille balayée par le vent traverse le paysage. On entend au loin un air d'harmonica.

Voix off

John Ford disait : « Le western est au cinéma ce que les évangiles sont à l'humanité : l'origine et la fin de toutes choses. » L'histoire devrait lui donner raison puisque, après un purgatoire de plusieurs années, il semblerait que l'on assiste depuis quelque temps à un véritable renouveau du genre. Le soleil se lèverait-il à nouveau sur Fort Apache ?

Une voiture tape-à-l'œil arrive en trombe, et s'arrête dans un ample dérapage. Monsieur Manatane, costumé en cow-boy de bazar, sort en claquant la portière.

Monsieur Manatane

Excusez-moi de mettre un bémol à votre enthousiasme, Nicolas, mais je suis un peu colère avec le cinéma. Oui, colère… Voyez-vous, mon propre grand-père, Wild Jack Manatane Senior, était un pionnier du grand écran, un de ces géants qui ont vu naître l'art du western mais qu'on a un peu vite remplacés par des courgettes à la John Vayne ou des petites bites à la Errol Flynn ! Et je suis colère, car c'est ici même, à Sunbay City Lake, qu'il tourna l'un de ses plus grands films, injustement ignoré du grand public : *Le Shérif et la lépreuse*. Un chef-d'œuvre… Mais trêve de paroles : place au souvenir. À toi, Papy !

Peu à peu, le décor du village se change en un vieux film muet en noir et blanc, sur une musique de piano de bastringue. Une corde de pendu flotte au premier plan. Jo-Gant-de-laine, le Shérif, quitte le saloon et se positionne, le regard décidé, au centre de la ruelle. Il ressemble évidemment de façon frappante à monsieur Manatane, avec une barbiche et de longs cheveux.

Monsieur Manatane *(off)*

Ah oui, petit détail cocasse : il faut savoir que mon grand-père avait combattu dans les tranchées de la vieille Europe et qu'il en avait conservé un léger handicap. Voici la fameuse scène de duel entre mon aïeul et Ringo, le outlaw.

Carton de texte

Lâchez cette pauvre arme, vil Ringo !

Un coup de vent fait voler le bras droit de Jo-Gant-de-laine dans tous les sens.

Monsieur Manatane *(off)*

Grand-père avait perdu son bras droit et s'était fait greffer une prothèse en mousse, une toute nouvelle technique à l'époque. C'est pourquoi on l'appelait Jo-Gant-de-laine.

Le bras droit de Jo n'est en effet pas très synchrone avec le reste du corps, et fait d'étranges moulinets, mais cela ne l'empêche pas de dégainer à temps avec sa main gauche pour tuer Ringo.

Monsieur Manatane *(off)*

Son handicap ne facilitait évidemment pas les choses, mais il parvenait à nous le faire oublier. L'essentiel chez grand-père était dans le réalisme et la force de son jeu : on peut vraiment dire qu'avec lui, l'émotion était au rendez-vous.

Carton de texte

Six mois plus tard, au saloon.

Dans le saloon, un chef indien entreprend de violer une jeune lépreuse, sous les applaudissements des cow-boys. Jo-Gant-de-laine entre précipitamment, mais son bras reste un peu coincé dans la porte du saloon. Il parvient enfin à l'arracher.

Carton de texte

Lâchez cette pauvre lépreuse, vil sachem !

C'est la bagarre entre Jo et l'Indien. Celui-ci retourne dans tous les sens le bras artificiel de Jo.

Carton de texte *(écrit tout petit, et ne restant que deux secondes à l'écran)*

Grâce à son exceptionnelle pénétration psychologique, Jo eut finalement raison de la brutalité du Peau-Rouge. Par la suite, il comprit presque malgré lui la nécessité où il était d'enseigner enfin aux rudes habitants de la ville les préceptes d'une hygiène de vie fondée sur sa longue expérience du milieu hospitalier.

- *Vous sous-estimez les ravages que peut occasionner le bacille de Koch*
finit-il par déclarer au shérif incrédule.
- *Et je ne serais pas étonné outre mesure que cette maudite épidémie de lèpre sèche nous donnât encore du fil à retordre!*
lança-t-il ironiquement à l'adresse de Bill MacHulan qui passait par là.
- *Hahahaha! Mon pauvre Jo! Vous vous méprenez sur les intentions de Jack. Hahaha! Que je sois pendu si vous parvenez à le convaincre.*
rétorqua Bill sans se départir de son calme légendaire.

Jo se demandait si cette provocation lui était réellement destinée... Après tout, Bill disait vrai et il le savait. Il en avait d'ailleurs conçu une amertume qui pesait sur sa vie de couple comme un orage sur les plaines du Wyoming. Il fallait réagir vite à présent...

On voit Jo-Gant-de-laine s'éloigner à cheval, cow-boy solitaire. Chaque secousse envoie valser son bras dans les airs.

Carton de texte

J'ai vu le toubib : il dit que ce n'est pas la lèpre.
C'est une crapuleuse pelade, et je l'ai chopée aussi.
Oh, Jo ! Ce serait merveilleux.
FIN

LA CONCLUSION

Monsieur Manatane *(toujours costumé en cow-boy, contemple la fin de la séquence)*

Un autre coup de chapeau pour terminer, à messieurs Chuck Norris et à Steven Seagal, qui, malgré une méchante paralysie du visage, ont su mener une carrière fort honorable à Hollyvoud. Belle revanche sur le destin. Chapeau à vous les gars, et... Hey, hey !

Allez, en vous remerciant, bonsoir.

« Entre guillemets »

Une oreille, la musique de Sonny Rollins : pas de doute, c'est une émission de Bernard Pivot. Trois couvertures de livres apparaissent successivement :

Daniel Goussince : *Le Fou-rire de Spinoza, pistes pour un débat,* collection « Blanche », Gallimard.

Ginette Marchandise : *Aristote ou l'émergence du rire*, collection « Pistes pour un débat », Grasset.

Jean Manatane : *Mon humour fascinant,* tome II, édition établie et annotée par l'auteur lui-même et un copain à lui, en bibliothèque de la Pléiade.

Voix off

Rire et belles-lettres : voilà deux termes qui n'ont pas toujours fait bon ménage. Certains travaux viennent pourtant de mettre en évidence l'existence d'une forme d'humour particulière dans la littérature la plus classique, voire la plus austère.

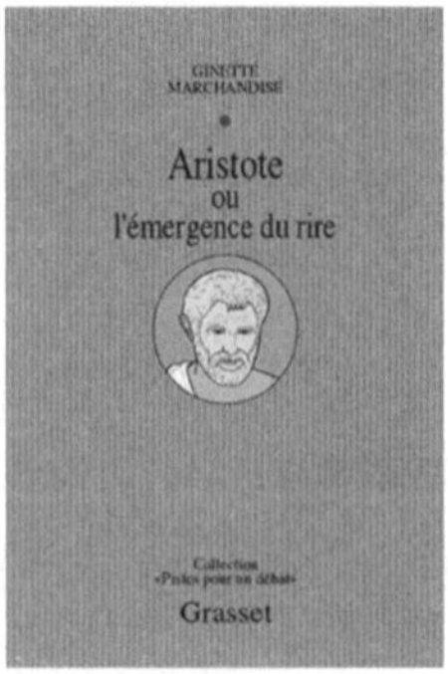

L'animateur

Mesdames et Messieurs, bonsoir.

Ce soir, sur le plateau d'« Entre guillemets », une très belle brochette d'écrivains.

À commencer par Ginette Marchandise pour son ouvrage *Aristote ou l'émergence du rire*. C'est un beau livre, rare, dérangeant, et pas si drôle que ça.

Ginette Marchandise est un sexagénaire élégant, barbu, en costume de velours côtelé, portant chevalière et monocle.

Ginette Marchandise

Bonsoir.

L'animateur

Le physique de Ginette n'est pas sans rappeler Aristote… Ensuite, Daniel Goussine…

Daniel Goussince *(barbe, lunettes, pipe : bref, un professeur)*

Goussince…

L'animateur

Goussince, pardon… Professeur Daniel Goussince, pour un travail admirable sur le rire dans l'œuvre tardive de Spinoza. Une chose magnifique. Bonsoir, Daniel…

Daniel Goussince

Bonsoir. Et heu… je suis au CNRS !

L'animateur

Exact, exact. Professeur au CNRS !

Et en face de moi : Jean Manatane, qu'on ne présente plus.

La caméra cadre monsieur Manatane habillé en académicien (épée, bicorne, habit vert). Il referme précipitamment une petite flasque d'alcool, et son bicorne est placé de travers.

Monsieur Manatane

Alors, Daniel Goussince… Spinoza : « rire fou », « fou rire » ? On ne sait plus très bien, finalement…

Daniel Goussince

Exactement ! On ne sait plus très bien, et j'espère que grâce à mon livre, on saura un petit peu mieux ! C'est la raison pour laquelle j'ai placé en exergue de mon livre la fameuse phrase de Nietzsche, vous la connaissez certainement : *Man liebt sein und seit Erkenntniß nicht genüg mehr, aber nie für eine gemütlich davon spitzt mit rößt.*

L'animateur

Admirable ! C'est superbe. Magnifique ! *(Le public applaudit)*

Daniel Goussince

Oui, et on peut dire que, pour l'époque, c'était assez *gebrücktlich* – culotté ! C'était en soixante-dix…

Ginette Marchandise

Tout à fait, d'autant qu'il utilise le surrelatif à contre-emploi…

L'animateur

Exactement !

Les spectateurs rient de bon cœur et applaudissent à nouveau. Soudain, le rire à gorge déployée de monsieur Manatane couvre tous les autres bruits et interrompt le débat.

Monsieur Manatane

Ha, ha, ha, ha ! Excellent !

Daniel Goussince

Tout à fait… Mais vous savez, il le faisait à dessein…

L'animateur

… Absolument, absolument…

Monsieur Manatane, *riant toujours, vient taper sur la cuisse de Daniel Goussince en disant :*

Il est trop drôle !

L'animateur

Alors à présent, Ginette Marchandise. Aristote…

Monsieur Manatane

Attendez, attendez ! Un peu à moi, maintenant ! Tiens, écoutez ça, j'en ai une drôle…

L'animateur *(conciliant)*

Mais je vous en prie, je vous en prie…

Monsieur Manatane, *feuilletant son propre volume de la Pléiade*

Une au hasard : « Mon premier est une trompette de chasse, tuut ! Mon second est une partie de l'anatomie d'une femme ; et mon tout se trouve dans un bocal aigre-doux »… Un cor-nichon ! Cor… nichon… Les… les nibards, là…

Personne ne rit : tous détournent le regard. L'animateur essaie de reprendre son émission en main.

L'animateur

Alors, j'allais y venir : Jean Manatane. Jean Manatane, *Mon humour…*

Monsieur Manatane

Oui, bien sûr c'était hors contexte…

L'animateur

… Et c'était superbe… Alors, *Mon humour fascinant*, vous publiez le second volume de vos rébus, de vos charades, édités – s'il vous plaît ! – dans l'édition de la Pléiade, d'autant que vous êtes arrivé avec votre tout nouveau costume de l'Académie française. On est tous extrêmement fascinés, on est tous extrêmement admiratifs. Alors, dites-moi ! Porter ce costume, devenir un… un immortel comme ça… Une telle consécration doit changer la vie d'un auteur, non ?

Monsieur Manatane entre-temps a ouvert les boutons du haut de sa veste d'académicien, de sorte qu'on voit un peu son torse.

Quoi ? qu'est-ce que tu racontes, là ? Qu'est-ce que tu essaies de me faire dire ? Tu essayes de me parler de l'argent, c'est ça ? Y a que ça qui t'intéresse, ou quoi ? Y a que ça qui vous touche ? *(il se tourne vers le public)* Elle vous démange, cette question, hein : *How much ? How many money wins the man ?* Non, le travail, l'écriture, ça, non… Mais l'argent, combien il gagne ! Regarde combien je gagne, quand les impôts m'ont tout pris ! *(Il sort sa carte bleue et essaie d'y mettre le feu avec son briquet)*

L'animateur

Non, je vous en prie… Vous ne pouvez pas faire ça, c'est illégal ! Monsieur Manatane, calmez-vous…

Monsieur Manatane

Regarde : la moitié, la moitié !

Daniel Goussince

C'est ridicule, enfin ! Mais voyons, cet homme est ivre ! C'est grotesque !

Monsieur Manatane

Tu t'es regardé, toi ? Tu te crois malin sous prétexte que tu parles allemand ?… J'ai ri, moi, à ta blague, j'ai ri aussi quand Aristote il a rajouté le surrelatif… Et toi, tu te permets de me juger, hein ?

L'animateur

S'il vous plaît ! Et si on reparlait de votre livre ?

Monsieur Manatane, *à Daniel Goussince*

Et tu viens brâmer allemand dans mes oreilles ? Espèce de… *(il se jette sur lui)*

L'animateur

Non, je vous en prie, monsieur Manatane ! on va être obligé d'interrompre l'émission !

Monsieur Manatane

Mais moi, j'ai ri à sa blague ! Il fait le malin parce qu'il parle allemand… Lève-toi, ou je te frappe la gueule à coups de poing !

L'animateur

On va devoir couper l'émission !

À ses mots, monsieur Manatane se précipite à genoux et pose la lame de son épée d'académicien en travers de sa propre gorge, menaçant l'assemblée :

De quoi ? Je vous préviens : si vous coupez l'émission, je me tranche la gorge ! Devant Aristote !

Jean Manatane

Mon humour fascinant

II

EDITION ETABLIE ET ANNOTEE
PAR L'AUTEUR LUI-MÊME
ET UN COPAIN À LUI

BIBLIOTHEQUE DE LA PLEIADE

nrf

LA CONCLUSION

Monsieur Manatane *(un gros pansement autour du cou, contemple la fin de la séquence)*

Ahaa… Évidemment, les types ont cru que je bluffais. C'est mal connaître monsieur Manatane : quand on le cherche, on le trouve !

Ah oui, petit détail : je ne fais plus partie de la Pléiade. Non, je ne suis plus disponible dans cette collection… Mon style fait peur ! J'effraie par ma prose. Eh bien qu'à cela ne tienne : je serai diffusé comme un maudit !

Au fait, ne manquez pas le prochain film d'Alexandre Jardin : j'ai un peu supervisé le scénario et, cette fois, ça promet d'être drôle.

Allez, en vous remerciant, bonsoir.

La gymnastique

Une salle de gymnastique fitness. Le dos musclé d'un athlète fort triangulaire en plein effort. On entend des halètements rythmés qui accompagnent les mouvements de l'homme au travail...

Voix off

Les muscles : ils sont à l'homme ce que les pistons sont à l'automobile. Des muscles bien huilés sont une formidable source de force et de puissance. S'ils sont rouillés, les muscles craquent. Et c'est dommage, car rien n'est plus beau qu'une belle paire de muscles. Mais... nos muscles ? Connaissons-nous bien nos muscles ? Prenons-nous bien soin de nos muscles ?

Monsieur Manatane se fait entendre et répond à la question. C'est lui qu'on entend haleter (synchrone avec les mouvements de l'athlète), alors qu'il porte de minuscules haltères.

Monsieur Manatane

Ah oui,… humpf… car rien n'est plus beau qu'une belle paire… de muscles, Nicolas ! Mais… connaissons-nous suffisamment nos muscles ? Sommes-nous assez à l'écoute… aargh ! de nos muscles ? Savons-nous dialoguer avec nos muscles ?… humpf… Voilà une bonne question !

Monsieur Manatane en costume de gymnaste, montrant l'athlète

Voilà Éric. Voilà seulement deux jours qu'il travaille ma méthode spéciale : « Mets tes muscles en vacances et fais hurler ton corps. » Ha, ha, ha, ha ! Oui, car lui aussi voulait obtenir un beau corps de grenouille comme le mien. Et c'est bien, à seize ans, d'avoir des rêves. Mais il va falloir travailler, mon garçon ! *(il tâte le biceps d'Éric)* Merci, Éric : va te laver les muscles.

Laissez-moi vous montrer ma splendeur. Köln, viens ici ! *(Un autre athlète arrive)* Il y a seulement deux ans de cela, tout le monde riait de Köln. À la plage, on le montrait du doigt. *(à Köln)* Allez, à l'exercice, à la barre ! On lui jetait des coquillages dans le dos… Et à présent, regardez-le ! *(Köln fait des flexions à la barre. On aperçoit une énorme touffe de poils sous son bras)* Il distribue des coups de battoir à tour de bras sur la plage ! *(Manatane prélève quelque chose dans la toison de poils de Köln)* Mais… qu'est-ce que… ? Du pain ?! Du pain pendant l'entraînement ?! Ah, je vois : de la nourriture sauvage ! Allez, retourne au vestiaire, saligaud ! *(à la caméra)* Je suis obligé d'être draconien sur l'alimentation de mes sportifs. Parce que alors, trop de protéines, trop de graisses lourdes, et ils gonflent comme des baudruches ! Allez *(il tape dans ses mains)*, exercice, tous !! Un, deux, un, deux ! *(il chante)* Les muscles ! Les mu-u-scles !

Laissez-moi vous montrer ma technique d'entraînement spécial !

Monsieur Manatane et ses sportifs sont réunis, debout dans la salle de gym. La musique, une sorte de disco synthétique, démarre. Monsieur Manatane mène le jeu.

Bonjour, bonjour ! Bonjour, Éric, bonjour, Bambi, bonjour, Köln ! Prêts pour la leçon ? Allez, on commence par un petit exercice des jambes. On tend les mains, et tournez, et tournez ! Allez, on pousse, on pousse sur les bras ! On se redresse : hou ! ha ! hou ! ha ! La jambe droite ! On reprend… son souffle. Oui, Éric. Prêts ? On descend doucement. On est une grosse pieuvre, on descend dans la mer ! On tend ses muscles, expulsion ! Vous sentez les mauvaises toxines qui s'échappent ? On reprend. Hop, essuie-glaces *(mouvements latéraux des bras)* Hop, hop hop hop… Stop ! *(Tous joignent les mains. Musique d'orgue)* Merci pour ces muscles… Tous ensemble : merci pour ces muscles. *(Tous reprennent en chœur)* Voilà ! Premier exercice d'assouplissement. Passons maintenant à l'assouplissement dit du visage.

Monsieur Manatane se trouve à présent sur un slendertone. Il a quatre pastilles sur le visage.

Monsieur Manatane

Pour assouplir les muscles du visage, vous avez besoin du Manatone. C'est une petite boîte qui enverra des impulsions électriques à votre visage et qui tendra les muscles jusqu'à ce que votre visage devienne éclatant. Attention aux débutants : je conseille la prudence et donc de commencer par de faibles impulsions. Moi, personnellement, je suis un professionnel et donc j'y vais avec la méga-dose. Allez hop, c'est parti ! *(Son visage est secoué dans tous les sens, il fait d'affreuses grimaces)*

LA CONCLUSION

Monsieur Manatane *(dans son fauteuil, contemple la fin de la séquence. Il porte une minerve, et tout le côté gauche de son visage est paralysé)*

Ah, merveilleux Manatone ! Oui, attention tout de même pour les débutants qui viennent d'acquérir le Manatone : il y a deux petits boutons sur la gauche qui indiquent le voltage : 110 et 220 volts. Vérifiez que c'est bien sur 110. C'est important.

Allez, en vous remerciant, bonsoir.

KKK

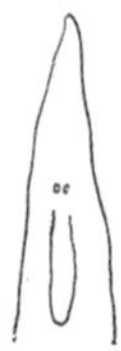

Dans un souterrain, un homme en cagoule porte un flambeau…

Voix off

La haine, la folie des hommes… La peur, même. Voici bientôt 38 siècles et des poussières que l'humanité se déchire : 38 siècles que races, clans et tribus s'opposent dans une lutte fratricide.

On pénètre dans une cave enfumée où sont attablés des personnages encagoulés. La pièce est éclairée par quelques flambeaux et bougies. Les cagoules et les robes de cérémonie sont blanches, et on distingue sur les poitrines le « K » inversé du sigle « Marlboro ». On aperçoit çà et là quelques battes de base-ball et autres gourdins cloutés.

Voix off

L'homme ne serait-il décidément qu'un loup pour l'homme ?

Le personnage mystérieux enlève sa cagoule. C'est monsieur Manatane, dont la réponse fuse

Oh ! là, là, Nicolas ! Tout de suite les grands mots ! Grands dieux, mais où voyez-vous des loups, des tribus et de la poussière ? C'est très propre ici ! Je ne vois quant à moi que quelques gentilshommes de bonne famille soucieux de préserver quelques valeurs essentielles, comme le bien manger et la bonne musique écouter. *(Acquiescement général des encagoulés)*

Vous savez, Nicolas : le pluralisme, le métissage... je dis bravo, et merci bien : il faut encourager ces tendances d'avant-garde, bien sûr. D'ailleurs, le lieutenant Sander Nagor ne disait-il pas : « Le raciste est un homme qui se trompe de cagoule » ? Mais attention, Nicolas ! Attention que nos valeurs ne se barrent pas en testicules ! Il faut raison garder : *The right man in the right place.*

Sur ces mots, un serveur s'est approché pour lui servir une bière. L'homme porte le même costume à cagoule, mais de couleur noire. Monsieur Manatane porte le verre à ses lèvres.

Vous savez, nous sommes gens de tous horizons et de tous bords.

En guise de preuve de bonne foi, monsieur Manatane entame la présentation de ses compagnons de table.

Voici Jean-Marie Maire, l'écrivain… Superbe, ton bouquin, Jean-Marie ! Jean Benetton : vous le reconnaissez ? Flavien Bombardier, gynécologue. Excellentes, vos recherches sur les trompes ! Philippe, ventriloque. Il est superbe, ton petit Tom Cruise ! Et voilà Michel, pianiste… Superbe, ton piano, Michel.

Et ne vous laissez pas impressionner par l'austérité de l'habit. Ce ne sont que les symboles de la confrérie, hérités d'une tradition déjà séculaire, un peu comme la truelle de nos amis maçons ou le bonnet de Marianne. Allez, place à la musique !

L'attention de monsieur Manatane et des autres est attirée par une petite scène éclairée dont le rideau vient de s'ouvrir.

Ah, la musique… Elle est comme le sang des martyrs, qui bat et irrigue le cœur de toute une nation. Mais il est bon de connaître son groupe sanguin. Sinon, c'est le bordel.

Le concert commence : il s'agit en fait d'un petit récital de jazz de La Nouvelle-Orléans. Les musiciens sont eux aussi encagoulés et cette situation rend leur performance grotesque. Sur une ligne de basse/batterie, on voit successivement apparaître un trompettiste dont les bajoues enflent démesurément, comme Dizzy Gillespie, et un danseur à claquettes (on ne le voit pas sous sa grande cape, mais on l'entend). Les KKK claquent des doigts, bougent en cadence leurs gourdins cloutés.

LA CONCLUSION

Monsieur Manatane *(dans son fauteuil, contemple la fin de la séquence)*

À la bonne heure ! Alors, pour ceux qui désireraient soutenir notre petite confrérie, merci d'acheter notre sympathique calendrier à l'effigie de nos membres fondateurs. Vous y reconnaîtrez plein de personnalités attachantes comme Fabien Voson, monsieur Le Maire ou votre serviteur.

En vous remerciant, bonsoir.

La partouze

Dans le salon cossu d'une demeure vaguement aristocratique sur le retour, tout est disposé pour la petite réception qui se prépare. Sous une lumière feutrée, les bouquets de fleurs, les candélabres, les amuse-gueules et alcools de l'apéritif attendent sagement les invités de monsieur Manatane.

Voix off

L'art de recevoir est un art vivant, et notre pays s'honore d'une tradition déjà longue en la matière. Mais sommes-nous toujours attentifs à respecter les règles de l'hospitalité d'en France ? Le « bien recevoir » a-t-il encore un sens à notre époque ?

Devant un feu de cheminée, monsieur Manatane, vêtu d'un peignoir et chaussé de simples mules, plonge quelques glaçons dans son verre de whisky avant de le porter à la bouche.

Monsieur Manatane

Oh que wiii, Nicolas. Un homme du monde qui veut ses amis conserver doit accepter d'à quelques règles se plier pour ses connaissances inviter ! On confond trop souvent « hospitalité à la française » et « improvisation made in Los Anguelesse » !

Le nombre et la place de vos invités, par exemple : fondamental !

Selon que vous soyez un, quinze, vingt-quatre ou cinquante-sept – jamais treize, attention ! – il convient de respecter l'alternance homme/femme.

(À mesure qu'il énonce le nombre d'invités, des pastilles roses et bleues se placent sur l'image du salon, jusque dans les recoins les plus saugrenus)

Monsieur Manatane

On séparera toujours le mari de son épouse, à l'exception des couples mariés depuis moins d'un an. Attention : si vous décidez d'occuper buanderie et garage, le maître de maison présidera l'une et madame l'autre : ceci vous permettra d'honorer de la même manière le couple Dorcel et le couple Danton.

Voix off

Doit-on disposer des cartons d'invitation ?

Monsieur Manatane porte sur le front un petit loup en velours noir. Sa main ajoute deux ou trois cartons

(« Monsieur Naudin », « Monsieur Fransolet » et « Monsieur Torrent ») autour de celui de Madame Dorcel.

Monsieur Manatane *(égrenant les cartons)*

Wiii, Nicolas. En France, la maîtresse de maison se placera toujours derrière l'invité le plus âgé. Cela n'empêchera pas monsieur Dorcel de se glisser sous l'oursin de madame Naudin, tandis que madame Naudin attendra d'être besognée par monsieur Danton, qui lui-même se finira sous monsieur Debocq en train de batifoler tendrement avec madame Dorcel et monsieur Torrent de la Buanderie, en attendant madame Fransolet qui se caresse.

Sur un coin de table on découvre, à côté d'une énorme motte de beurre, quelques rince-doigts et des bougies.

Voix off

Faut-il placer des rince-doigts ou des bougies ?

En plus de son loup, monsieur Manatane porte à présent un string en léopard et un bonnet à oreilles d'âne. Il tient dans sa main une grosse bougie rose spiralée.

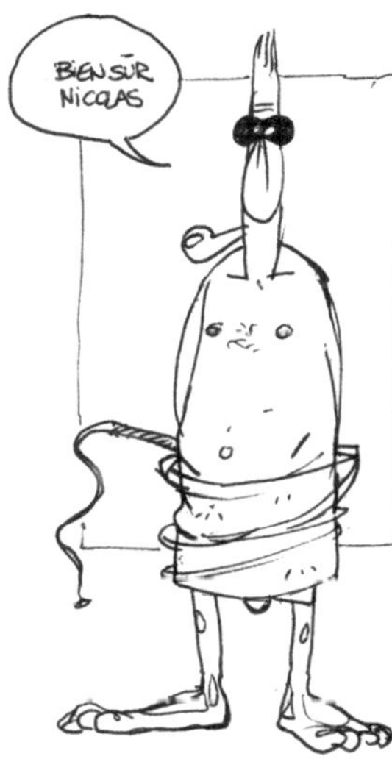

Monsieur Manatane

Wiii, Nicolas. On vend à présent de fort belles bougies et qui ne coulent pas. Celle-ci, d'ailleurs, est fort agréablement chantournée et fleure bon la viande !

Mais pour l'amour du ciel, veillez à rester simple dans l'énoncé de vos menus ! Une amie chez qui j'étais invité récemment nous annonçait avec fracas au moment du dessert une « bouchée d'encornet farci sur canapé dans sa crème de marrons ». Je me suis tourné vers ma voisine et je lui ai dit : « Vous savez comment on appelle cela chez nous ? Une grosse bite dans le cul. » La malheureuse a vomi…

On sonne à la porte. Monsieur Manatane consulte sa montre et rabat son loup sur les yeux.

Oh, voilà qu'on sonne. Excusez-moi…

Monsieur Manatane ouvre la porte d'entrée. Il accueille un couple d'âge moyen.

Monsieur Manatane

Oh, bonjour, monsieur le juge ! Entrez… Mes hommages, madame. *(Il fait un baisemain à la dame)*

Le couple

Bonsoir.

Monsieur Manatane

Entrez, entrez, je vais vous débarrasser…

Monsieur Manatane *(en aparté)*

De grâce ! La ponctualité est la politesse des rois. Mais s'il est grossier d'arriver en retard, il l'est davantage d'arriver trop tôt… Quoi qu'il en soit, ne laissez en aucun cas paraître votre courroux. Profitez-en pour leur faire visiter la maison. Et leur montrer les nombreuses œuvres d'art…

(Aux invités) Comment allons-nous ?

Monsieur Manatane rejoint ses invités, qui se sont mis à l'aise : l'homme ne porte plus qu'un slip, des chaussettes et une écharpe. Son épouse n'a conservé que ses bas nylon et une gaine de couleur chair. Ils ont déjà un verre à la main.

Monsieur Manatane les emmène devant un tableau qui représente un paysage de campagne.

Monsieur Manatane

Alors ça c'est un de mes favoris. C'est un Minet. J'adore comment le peintre a travaillé sa matière, tout en respectant l'autosuggestion…

La femme

L'École de Carburone ?

Monsieur Manatane

C'est une École de Carburone, en effet… On dit aussi quelquefois « École Dupont ».

Il descend l'escalier et les mène vers un autre tableau représentant un nu étendu sur un drapé.

Monsieur Manatane

Ah ! Celui-ci, je l'aime beaucoup aussi… Il représente mon épouse avant son accident. Oui, merveilleux, une très belle palette…

LA CONCLUSION

Monsieur Manatane *(dans son fauteuil, contemple la fin de la séquence)*

Le merveilleux savoir-vivre… C'est important, n'est-ce pas ? Alors, pour ceux que le sujet interpelle, la grande référence en la matière reste toujours les précieux volumes de la rousse Nadine de Rothschild. *(Couverture du livre :* Le Bonheur de séduire, l'art de réussir*)* Je ne saurais trop vous conseiller de le parcourir avec attention.

Allez, en vous remerciant, bonsoir.

Monsieur Propre

Dans une cuisine équipée, une lampe vacille. Sur le mur carrelé apparaissent des taches rouges, l'empreinte d'une main, et, inscrit en lettres de sang : « Propre m'a tuer ». Sur la table en formica gît une ménagère dans sa robe à fleurs, bouche bée, les yeux ouverts. Un couteau à viande est planté dans son ventre.

Voix off

Un soir de réveillon, madame Marchandise est sauvagement mise en pièces dans sa rutilante cuisine. Quelques jours plus tard, la police arrête un athlète chauve qui ne cessera de clamer son innocence. Était-il vraiment le « Monstre de la Saint-Sylvestre » ? Ou n'était-il qu'un bouc émissaire ? La justice des hommes est-elle toujours infaillible ?

Monsieur Manatane survient, rectifie l'ampoule de la lampe. La lumière devient éclatante.

Monsieur Manatane

Oooh ! Votre question est un peu soudaine, Nicolas. Car voyez-vous, j'ai très bien connu Propre. Jean-Paul Propre. Ce n'était pas un mauvais bougre : joli garçon, très soucieux de son apparence bien sûr, mais toujours brillant. Il était amusant. Une ascension fulgurante : la télévision ne jurait que par lui : « Monsieur Propre, Monsieur Propre, nouveau super-brillant !… » Son corps donnait envie et il a rendu fou plus d'un marin. Hélas, les loupiotes de la gloire ont ébloui le malheureux. Très vite, ce fut la lente descente aux enfers : les soirées « fraîcheur cascade », les bars à mousses, les caleçons à bout filtre et la course aux anabolisants pour rester le meilleur.

Ah, Jean-Paul… Il est évident que Monsieur Propre était innocent. Je le sais : j'étais avec lui la nuit de la Saint-Sylvestre. Nous étions à Cologne. Nous avons fait l'amour toute la nuit devant le vieux porc… qui tenait l'établissement.

Son procès m'a déchiré le cœur en deux ; mais je n'ai rien pu faire…

Monsieur Manatane s'empare d'un flacon de Monsieur Propre, qu'il considère d'un air songeur. L'image se brouille : on retrouve le véritable Jean-Paul Propre dans le box des accusés d'un tribunal, encadré de deux policiers.

La voix du président de la Cour résonne

Monsieur Manatane, oui ou non, étiez-vous réellement avec l'accusé le soir de la Saint-Sylvestre ?

Monsieur Manatane

Restons sérieux, Votre Honneur. J'aurais aimé qu'il en fût ainsi pour ce sympathique homme lisse, mais hélas, non. Voyez-vous, mesdames et messieurs, Votre Honneur, de par ma condition, il ne m'est pas donné de fréquenter chez les saltimbanques du petit écran. *(Il s'assied au piano et commence à jouer)* Je le regrette bien, croyez-le : ce soir-là, c'est la stricte vérité, j'étais avec ma mère. Maman était à l'article de la mort, il m'en souvient encore... Nous avions déjeuné dans la bibliothèque de quelques chipitos *(il se met à chanter langoureusement)* et d'une gorgée de laiiit...

Le coup de marteau du président met fin au procès

Dans ces conditions, je déclare l'accusé coupable !

Monsieur Propre

Manatane, dis-leur que je suis innocent ! J'étais ton ami ! Tu m'as trahi !

Les policiers frappent Monsieur Propre pour le faire taire. Manatane ferme les yeux, tout en jouant du piano.

Monsieur Manatane *(à nouveau dans la cuisine)*

Désolé, Propre. Tu fus un amant magnifique et attentionné, mais allais-je laisser souiller le nom des Manatane pour un simple technicien de surface ?

Je ne crois pas, non.

Sa main éponge le graffiti « Propre m'a tuer ». Dans le reflet apparaît l'image souriante du personnage publicitaire.

LA CONCLUSION

Monsieur Manatane *(dans son fauteuil, contemple la fin de la séquence)*

Ah, quel merveilleux souvenir… Messieurs, sachez que quand le couperet de la justice se met en travers de son chemin, l'homme du monde se doit de changer de trottoir.

Quand nécessité fait loi, ne faites donc pas l'économie d'un faux témoignage. Mon ami Richard Nixon me disait l'autre soir : « Une petite tache sur la conscience vaut mieux qu'une grosse sur l'honneur. » Tu l'as dit, Dick.

À ceux que le sujet intéresse, je conseille le très beau livre sur l'affaire Propre : *Le T-shirt bleu.*

En vous remerciant, bonsoir.

Le Spoutnik

Sur une mélodie de clavecin, on découvre un bureau éclairé par des bougies, et somptueusement orné d'un miroir du XVIII*e* *siècle et d'une couronne de fleurs. Devant une tenture de velours rouge, monsieur Manatane, vêtu d'une soyeuse robe de chambre dans les tons bordeaux, corrige une partition avec une plume d'oie.*

Voix off

Au XVIIIe siècle, la polyphonie baroque connaît un sommet dans l'expression musicale de l'Occident. Et c'est dans le génie de Jean-Sébastien Bach que la grande musique atteint son point d'orgue…

Monsieur Manatane

Tsss ! Aah, non ! Non, non ! Mais enfin… ce sont des erreurs de débutant ! Une demi-croche en fin de mesure ! Excusez-moi, Nicolas, de mettre un petit bémol à votre enthousiasme à propos de

Jean-Sébastien Bach, mais croyez-moi, vers la fin de sa vie, il a un peu fait dans le commercial, le père Bach ! Le mec a senti le filon, alors il tire sur la corde ! Tenez, il fait « tada, tada » *(le clavecin suit la mélodie que fredonne monsieur Manatane)*. Non, non ! Il vaut mieux faire : « tadatadatada », c'est beaucoup plus gai… Mais c'est un protestant, que voulez-vous… Oui, j'ai l'oreille absolue, voyez-vous, Nicolas… C'est excessivement rare, et merci bien. Mais je ne manque pas d'en faire profiter mes contemporains, la jeunesse par exemple… Ah ! Merveilleuse jeunesse… *(Il se lève, sort dans le couloir. On entend peu à peu monter les bruits d'une foule qui applaudit)* La jeunesse est comme une terre cuite, comme une chamotte. Elle est friable, mais il faut la travailler, la modeler, la polir : sinon, elle se casse en mille morceaux. Vous savez, Chopin disait : « La musique est la nourriture de l'âme. » Malheureusement, les jeunes sont devenus boulimiques, ils en veulent toujours davantage, alors je travaille à l'américaine !

Excusez-moi : la jeunesse m'appelle, et il faut savoir se donner tout entier ! Le chant ou la musique, le rêve…

Monsieur Manatane s'apprête à monter sur scène. Il retire sa robe de chambre, révélant son costume de scène : un justaucorps moulant bleu, parsemé d'étoiles, et met son Stetson sur la tête. Il accueille la foule qui l'acclame en ouvrant les bras.

Marchant comme un soldat, il commence à chanter :

« Ici, sur terre on mène une vie de chien
tandis qu'en l'air, c'est fou ce qu'on est bien !
Viens dans mon Spoutnik, viens dans mon Spoutnik, c'est un truc sensationnel…
Viens dans mon Spoutnik, viens dans mon Spoutnik, il est là-haut dans le ciel… »

La foule en délire applaudit à tout rompre.
On entend à peine monsieur Manatane déclarer :

Je vous aime ! Je vous aime ! C'est superbe… Merci, merci !

LA CONCLUSION

Monsieur Manatane *(dans son fauteuil, il revoit les images en gesticulant)*

Aah, merveilleuse chanson, n'est-ce pas ? Alors je voudrais signaler à tous nos téléspectateurs amateurs de beaux organes puissants que, d'ici quelques semaines, je sortirai enfin mon trente centimètres. Oui, il sera en vente dans toutes les bonnes disqueries du monde. *(La pochette du disque s'affiche derrière lui : Monsieur Manatane à l'Opéra de Paris)* Alors, je compte sur vous, d'accord ?

Allez, en vous remerciant, bonsoir.

Chirurgie plastique

On surplombe un bloc opératoire. Des infirmières et un chirurgien s'affairent autour d'une opération chirurgicale délicate. Le corps du patient est recouvert du traditionnel drap bleu, d'où dépasse seulement un pied nu à demi dépecé.

Voix off

En cette fin de XXe siècle, la chirurgie plastique est parvenue à un tel niveau d'efficacité que l'homme moderne peut à souhait corriger, voire transformer son apparence physique. En quelques heures, il peut littéralement changer de visage.

À l'extrémité de la table d'opération, le pied est l'objet de toute l'attention du chirurgien. Une santiag est posée sur la tablette, juste à côté.

Voix off

Mais n'est-il pas présomptueux de défier de la sorte les lois de la nature ?

Le chirurgien (monsieur Manatane) s'est emparé d'un gros couteau de boucher et tranche d'un coup le pied malade. Il se retrouve éclaboussé par le sang.

Monsieur Manatane

« Présomptueux ? » *(Il baisse son masque de chirurgien)* Mon Dieu, vous n'êtes pas à une connerie près, vous, Nicolas !

Vous savez, nous autres chirurgiens sommes au service de Dame Nature. Et quand l'homme, ce bipède inconscient, piétine ses lois, c'est à nous qu'on fait appel pour réparer les dégâts, pour déchausser le vaniteux !

Tenez, prenez mon ami Dick Rivière – vous savez, le faux Elvis… *(On voit le visage du patient couvert de bandelettes, masque respiratoire, et lunettes noires)* Eh bien, est-ce par distraction ? Par paresse ? Par négligence ? Toujours est-il qu'il n'a pas pris la peine en vingt ans d'enlever ses chaussons de rock'n'roll, même pas pour dormir ! Des Santiagos… Montrez, Évelyne. *(L'assistante montre la santiag à la caméra)*

Alors, imaginez dans quel état, après vingt ans de scène et de galas, j'ai retrouvé ses misérables pieds ! *(Monsieur Manatane montre le pied sanguinolent, effectivement pointu en forme de santiag)* Les orteils ont disparu dans la masse de chair, le pied a littéralement fondu dans la godasse ! Regardez : les ongles ont été grignotés par la peau… *(Il se met à découper le bout du pied).*

Regardez, quand on ouvre comme ça… On voit bien la sécrétion séreuse qui s'écoule des tissus tarés : c'est le panard qui dégorge comme une éponge… *(Il mordille le pied à l'endroit des orteils)* Ça sent la noisette ! Et ça, c'est un vieux truc africain : quand ça sent la noisette, égale pourriture… Sandrine, vous m'envoyez ça au labo, j'aimerais bien faire quelques analyses.

Monsieur Manatane retire ses gants de chirurgien. Il continue de pérorer, tandis qu'une assistante lui ôte son tablier de chirurgien. Il s'avance vers la porte où il enfile un tablier blanc de laborantin.

Monsieur Manatane

D'ici deux jours, je lui grefferai deux pieds tout neufs ! Ils sont arrivés du Brésil ce matin : deux petits pieds de Noir… Si ça se trouve, ce sont des pieds de petit footballeur… Ha, ha, ha ! Dick pourra dribbler et jongler avec le ballon ! Évidemment, ça ne remplacera jamais ses pieds d'origine, mais que voulez-vous…

Monsieur Manatane s'apprête à quitter la pièce.

Enfin, Dieu merci, chez Jean-François Manatane, il n'y a pas que des événements malheureux. N'est-ce pas, Sandrine ? *(Il regarde son assistante, qui lui tend des cartons avec des photos de visages)*

Il nous arrive d'avoir notre petit jardin secret… Oui, nous nous transformons alors, nous chirurgiens, en artistes, en alchimistes de la beauté. Il arrive que notre bistouri se transforme en pinceau, et nous travaillons alors sur le plus beau support qu'un peintre puisse rêver : le visage humain. *(Il claque dans ses doigts)* Marqueur !

(Sur la première photo d'un visage anonyme, monsieur Manatane griffonne au marqueur quelques indications schématiques) Deux heures d'opération : vous me rabotez le dessus du nez de quelques millimètres, et vous lui siliconez le bas des joues.

La seconde photo que lui tend l'infirmière est la tête de Jean-Marc Morandini. Monsieur Manatane la retouche énergiquement.

Ah non, encore lui ! Mais chaque année, il est là ! Mais c'est pas possible ! Celui-là, il vient chaque année, mais, entre les coups, à Noël, il va chez un autre un peu moins cher… Regardez la bouche qu'on lui a faite ! *(Il entoure la bouche)*

Bon sang ! C'est pas une bouche, ça ! C'est un piège à loups ! Celui-là, je m'en occuperai personnellement, mais ça c'est quinze heures de travail, facile…

(Un ballon vient percuter monsieur Manatane qui se retourne brusquement)

Mike !!! *Don't play with zis in ze clinique* !

Michael Jackson, la tête couverte de bandages, avec ses lunettes noires, son chapeau, sa mèche de cheveux, sa veste à brandebourgs, joue accroupi par terre avec une voiture d'enfant en plastique et des petits cubes de couleur.

Monsieur Manatane

C'est Michael… Lui, c'est un petit peu notre fonds de commerce. Il est gentil… Un peu con, mais gentil… Il faut dire que dans notre domaine, on travaille énormément avec les gens du show business. Eh oui ! C'est normal, parce que leur visage, c'est un peu leur outil de travail.

Arrivé à son bureau, monsieur Manatane farfouille dans ses dossiers pour en extraire de quoi convaincre le téléspectateur.

Et vous n'imaginez pas la joie, la récompense que c'est pour nous de les voir réussir.

Tenez : prenez par exemple mon amie Jane Birkin. Je la revois, il y a de cela vingt ans. Elle est venue me voir, à l'époque, me demander de l'aide, avec ce délicieux petit accent slave :

« Jean-François, il y a quelque chose dans mon silhuette qui ne va pas… »

Je lui dis : « Voyons, Jane, je ne vois pas : à la rigueur peut-être un peu de poitrine, mais… »

Elle me dit : « Non, c'est dans ma visage. »

Alors là, je ne voyais pas, j'ai dû chercher ! Je n'en dormais plus : impossible de trouver ce qui clochait ! Finalement, c'est l'ordinateur de l'institut qui a trouvé la réponse.

(Il montre la photo de Jane : elle a un pif énorme)

Alors maintenant, regardez la carrière qu'elle nous fait : elle a enchaîné success sur success, évidemment. Aah, que de souvenirs… *(Il continue de feuilleter l'album)* C'est comme Philippe Gildas. Vous savez, le type qui donne un coup de main à Baffie sur Canal + : c'était ma première opération… Il voulait faire de la télévision, déjà, à vingt ans. Il est venu me voir au labo, avec cette tête-là *(il montre la photo d'un bel homme, genre mannequin)*. Je lui ai dit : « Mon pauvre Philippe, c'est pas avec cette gueule-là que tu feras carrière à la télévision ! » Treize heures d'opération sur le billard, et voyez le résultat ! C'est vrai que j'ai un peu merdé sur le dessus du front, mais bon : j'étais claqué…

Le téléphone sonne. Monsieur Manatane décroche.

Jean-François Manatane, j'écoute… Johnny ! Comment vas-tu, vieux bandit ?… Comment ça, ta bouche a explosé ? Tu… ? Tu as joué de la trompette ?… Mais je t'ai déjà dit… Bon, écoute : tu ne touches à rien, tu ramasses les morceaux… Où es-tu ?… Tu es à Bercy ?… Bon, ne touche à rien, j'arrive ! *(Il raccroche)* Les urgences, toujours les urgences chez Manatane !

LA CONCLUSION

Monsieur Manatane *(dans son fauteuil, contemple la fin de la séquence)*

Évidemment, ces opérations sont un peu coûteuses, et on pourrait se demander parfois si ce n'est pas un peu futile… J'avais d'ailleurs une amie qui me disait souvent : « Jean-François, la vraie beauté n'est-elle pas celle qui vient du cœur ? » Je lui ai dit : « Mon cul, ouais : c'est les moches qui disent ça ! » Ne laissez pas les autres être beaux à votre place !

Allez, en vous remerciant, bonsoir.

Surprise sur prise

Une petite équipe de cinéma s'apprête à réaliser une émission en caméra cachée dans une salle d'entraînement de boxe. Tous semblent s'esbaudir de très bon cœur en mettant leur matériel en place. Ils portent le T-shirt de l'émission à l'effigie de Marcel Béliveau.

Voix off

Au Canada, l'émission « Surprise sur prise » orchestrée par le célèbre Marcel Béliveau est un franc succès. Le principe de l'émission est pourtant fort simple : avec l'assistance d'un complice, une vedette est mise en difficulté dans une situation cocasse.

Monsieur Manatane porte l'équipement du coach : survêtement, casquette, T-shirt de l'émission. Derrière lui, de dos, Marcel Béliveau se fait maquiller et coiffer d'un casque de sparring-partner.

Voix off

Ce genre d'émission ne démontre-t-elle pas clairement que la réalité est souvent plus drôle que la fiction ?

Monsieur Manatane

Tout à fait, Nicolas ! Et Marcel Béliveau l'a très bien compris. Marcel est un peu le fleuron de l'école comique canadienne. J'adore l'humour canadien : celui des Philippe Palamandon, des Blasbande et des Luc Jabon.

Marcel Béliveau (*un accent canadien à couper au couteau*)

Jabon… de Bayonne !

Monsieur Manatane

Ha, ha, ha ! Il est increvable ! C'est l'humour dans ce qu'il a de plus intelligent, de plus sensible. On est loin des vulgarités télévisuelles de ces messieurs Bastien et autres amateurs d'humour pipi-caca-prout-je-chie dans ta bouche. C'est pourquoi j'ai consenti à me prêter à l'une des facéties de Marcel.

Monsieur Manatane *montre une impressionnante paire de gants de boxe*

Il m'a demandé de l'aider à piéger mon ami Mike Tyson, le grand boxeur *(rires de l'équipe)*. Mike et moi échangeons depuis longtemps une fort belle correspondance.

L'idée est la suivante : j'ai raconté à Mike qu'un boxeur canadien l'avait traité d'épouvantable babouin eunuque *(rires de l'équipe)* et qu'il se proposait de le corriger vertement s'il osait se présenter aujourd'hui sur le ring.

Marcel Béliveau

Ça c'est ben vrai : j'm'en va lui mettre une belle raclée, ha, ha, ha !

Monsieur Manatane

Ha, ha, ha ! Vous l'aurez compris : ce boxeur inconscient n'est autre que notre ami monsieur Béliveau ! Mais rassurez-vous : le combat n'aura évidemment pas lieu…

Monsieur Manatane montre un bidon de colle de la marque Colfor et une chaussure collée à un poteau.

… parce que nous allons enduire les chaussures de Mike d'une colle ultra-puissante qui l'empêchera littéralement d'avancer ! *(Rires de toute l'équipe)* Oh ! Ce n'est pas bien méchant. Je connais Mike : c'est le genre de plaisanterie dont les Américains raffolent…

Toute la pièce se met à trembler sur des bruits de pas qui s'approchent.

Monsieur Manatane

Chut, chut ! Marcel, en position ! Le voilà !

Marcel est monté sur le ring et monsieur Manatane accueille son ami Mike Tyson, encore en peignoir, prêt à en découdre. Il parle dans un anglais très approximatif.

Hi, Mike ! There is the man that want to kill you ! You can go for destroy !

Le souffle rauque de Mike Tyson décoiffe monsieur Manatane.
Mike va prendre place sur le ring.

Monsieur Manatane, *très satisfait, se frotte les mains et continue en aparté*

Ça marche ! Il est déjà furieux ! Je le connais : quand il est dans cet état, il arracherait des arbres à mains nues ! Mike, I am with you, hein ?

Marcel s'énerve sur le ring en attendant Tyson et le provoque

Viens-y donc, boxeur de mes deux !

On s'affaire autour de Mike Tyson dans le coin du ring : pendant qu'on le rafraîchit, qu'on lui met son protège-dents, celui qui s'occupe de ses chaussures en enduit les semelles d'une forte dose de colle. Échange de clins d'œil entre les gens de l'équipe qui se gaussent à l'avance.

Monsieur Manatane

Vous savez, ça risque d'être touchant, hein, parce que quand Mike va prendre conscience qu'il ne peut plus bouger, c'est l'homme qui va prendre le pas sur la vedette ! Les caméras vont saisir la vulnérabilité de Mike dans ce qu'il a de plus attendrissant, de plus émouvant, de plus humain… Bravo, Marcel, et merci d'avoir du talent !

Coup de gong : le combat commence.
Marcel continue de narguer Mike

Viens-y voir ta gueule !

Les pieds de Tyson se décollent du sol sans difficulté. Regard terrorisé de Marcel Béliveau, qui comprend qu'il va dérouiller vilain. Mike Tyson fonce sur lui comme un bison.

Monsieur Manatane et l'équipe assistent médusés à la mise en pièces de Marcel. Une giclée de sang éclabousse le portrait de Marcel sur leurs T-shirts. Monsieur Manatane s'empare du pot de colle que tient l'assistant et le considère avec angoisse. Les têtes de l'équipe suivent de gauche à droite le mouvement pendulaire de l'humoriste canadien massacré.

LA CONCLUSION

Monsieur Manatane *(dans son fauteuil, revoit son reportage avec émotion)*

On peut comprendre que, depuis, Marcel a préféré prendre un peu de distance avec le petit écran. Pour notre plaisir à tous, il reste heureusement les cassettes d'avant l'accident…

Pour les bricoleurs, je signale la petite erreur d'impression sur les pots de Colfor : le temps de séchage n'est pas « une minute » mais « dix minutes »… Eh oui, voilà…

En vous remerciant, bonsoir.

La mutinerie

Dans un décor champêtre, l'équipe de tournage des « Carnets de Monsieur Manatane » se détend, s'amuse, joue au football...

Voix off

S'il est un sport qui convient au tempérament de l'homme moderne, c'est sans conteste la bicyclette, poil à la quéquette. Hmppff ! *(On entend quelques rires étouffés)*

Au lieu de monsieur Manatane, c'est Nicolas Leclercq, l'authentique producteur de l'émission, qui prend la parole en imitant la gestuelle habituelle du personnage. Derrière lui, l'équipe est hilare...

Nicolas Leclercq

Oui, Nicolas, ha, ha, ha !... Avec ma saucisse de campagne, je vais l'enfourcher, la petite reine, et je vais lui faire péter les rustines ! Car voyez-vous, moi, monsieur Manatane, le roi du bon goût et des casse-couilles, je vais vous apprendre à enfourcher la petite reine. Car voyez-vous, Nicolas, pour bien enfourcher la petite reine, il convient d'élégance conserver...

Pendant son discours, Nicolas ne remarque pas que les rires derrière lui se sont tus. Monsieur Manatane vient d'arriver. Il est habillé en coureur cycliste du dimanche : panoplie complète avec casque de protection, lunettes profilées, godillots spéciaux et combinaison multicolore avec mentions publicitaires. Il traverse l'image d'une traite et déloge son usurpateur d'une gifle de premier ordre.

Monsieur Manatane

Élégance conserver, hmm ? Toi, toi et toi, dans la caravane ! *(À la caméra)* Et toi, tu me coupes cette merde !

Monsieur Manatane éteint brutalement le moniteur vidéo sur lequel on vient de voir tout ce qui précède. L'équipe est réunie autour de lui, à l'intérieur de la caravane.

Monsieur Manatane

Qui a eu l'idée ? QUI A EU L'IDÉE ? ! Tu me déçois énormément, Vincent… Énormément.

Quant à toi, Ben Soussan : Monsieur Manatane n'a pas de temps à perdre avec un petit salarié de l'image ! Alors tu vas me foutre le camp ! *(Il le jette à coups de pied hors de la caravane)* Va retrouver tes marionnettes en mousse ! Tu reviendras en rampant, salopard !

Toute l'équipe, en pyjama rouge, se trouve à présent dehors en rang d'oignons, tête baissée.

Monsieur Manatane

Visiblement, il semblerait que vous n'appréciiez pas la bicyclette, garnements ! Vous estimez sans doute que le monde n'a pas besoin d'un peu de cyclisme, d'un peu de savoir-vivre ! *(L'un fait mine de protester)* Toi, tais-toi, ou je te flagelle la gueule à coups de cravache !

Non ! Vous préférez jouer des tours de cons dans le dos de votre bienfaiteur ! C'est bien ça, hein ? Parce que ça, ça vous fait rire, hein : les « zizi », les « caca », les « touffe », les « saucisse » ! Vous trouvez ça amusant, ça vous fait rire ! Et ça te fait encore rire visiblement, toi... Et ça, ça te fait rire ? *(Il empoigne le malheureux dans les parties sensibles de son anatomie)* Quand on saisit le fruit, la branche craque ! Redresse-toi, tu me dégoûtes.

Oh ! Je suis colère, les enfants ! Je suis violence, parce que je suis... trahison !

(Il se radoucit) Pourtant, je ne serai pas toujours là, mes enfants...

Pascal... N'étais-je pas là quand tu t'embourbais dans ces situations difficiles avec des filles de mauvaise vie ? Hmm ?

Pascal

Si, monsieur Manatane.

Monsieur Manatane

Alors voilà ! *(Il lui donne une gifle)* Chuttt !

Arnaud ? N'étais-je pas là quand tu souffrais d'une crapuleuse infection du visage ? Quand tu faisais fuir tes amis ? N'étais-je pas là pour te masser la face ? Eh bien, la voilà ! *(Une baffe)*

Je suis violence ! Vous m'avez beaucoup déçu, les enfants… Mon cœur saigne à gros bouillons. Je vais être obligé de prendre la mesure qui s'impose…

Toute l'équipe

Oh, non, monsieur Manatane, s'il vous plaît…

Monsieur Manatane

Silence ! Arnaud, mon petit, je donne le tempo, et tu commenceras la chanson… Je ne veux plus rien entendre. 2-1… Tchac-tac-tac, tchac-tac-tac…

Arnaud *(chantant)*

« Je vous demande pardon… »

Monsieur Manatane

Tut tut tut ! Allons ! Tous après moi…

Monsieur Manatane se positionne en chef de chorale et se sert de sa cravache comme baguette de chef d'orchestre.

Tout le monde chante, monsieur Manatane passe dans le rang et distribue une gifle à chacun.

« Je vous demande pardon, je vous demande pardon,
J'implore votre grandeur d'âme,
Pardon, pardon, M'sieur Manata -aa -aa -ane »

Monsieur Manatane *(à Nicolas)*

Toi, rentre dans la cabine et retire ton pantalon.

Il suit Nicolas dans la caravane, et dit à l'équipe restée dehors.

C'est très bien, les enfants. Allez, nettoyez-moi tout ça.

Nicolas Leclercq est pendu par les pieds à un arbre, torse nu, les bras pris dans un carcan. Sur son dos, on distingue les plaies qu'a laissées le fouet de monsieur Manatane. Le soir tombe. Le malheureux pendu gigote et hurle encore :

Pardon, monsieur Manatane, pardon !

LA CONCLUSION

Monsieur Manatane *(venant de revoir son reportage avec émotion)*

Ah ! Merveilleuse jeunesse... Délicieux petits galopins... Ce sont des enfants turbulents...

Vous savez, un homme de pouvoir doit faire preuve de beaucoup de clémence s'il veut sympathie conserver auprès de ses ouailles… Tenez, à propos de Clémence, connaissez-vous la femme de mon ami, l'empereur Mobutu ? Vous savez, Mobutu : celui qui a un sac plastique sur la tête. *(Il éclate de rire)*

Allez, en vous remerciant, bonsoir.

La cérémonie des Césars

Écrit à la demande de l'Académie des Césars pour être projeté lors de la retransmission télévisée de la cérémonie, cet épisode des *Carnets* fut censuré par Daniel Toscan du Plantier, qui estimait que son ami Georges Cravenne (le créateur de la cérémonie) y était injustement malmené. Le lundi suivant, le sketch fut tout de même diffusé dans le programme quotidien de « Nulle part ailleurs ».

(Note des auteurs)

Une Cadillac miroitante s'engage au ralenti dans l'allée principale d'un parc et se dirige vers l'entrée d'une vaste demeure. Un chien la suit en gambadant.

Voix off

Il s'appelle Georges Cravenne. Voici vingt-deux ans, ce prince de l'élégance créait la prestigieuse cérémonie des Césars. Cette année encore, il s'apprête à braver le froid pour rejoindre sa famille : la grande famille du cinéma d'en France.

Cet homme n'est-il pas, pour tous les amoureux du grand écran, symbole de générosité et d'amour ?

La voiture se gare, son conducteur ouvre la portière : c'est Monsieur Manatane. Il porte un chapeau noir, un élégant manteau de fourrure et une canne à pommeau.

Monsieur Manatane

Oui, Nicolas… Seulement, votre symbole de la générosité, là, il peut plus conduire…

Alors, comme chaque année, c'est Monsieur Manatane qui fait le taxi pour les Césars…

Oh, ça ne me dérange pas, je sais aussi être généreux…

(Il envoie un coup de canne dans la direction du chien)

Tu vas me foutre le camp, toi ?

Monsieur Manatane *(entre dans le séjour. Il traverse une salle pleine de vieillards assis)*

Vous savez que les Césars, au départ, c'est moi qui ai eu l'idée ? Et puis Georges a voulu s'en occuper et il a un peu tiré la couverture à lui…

Vous savez comment est Georges !

Bonjour tout le monde ! Bonjour André, bonjour Thérèse !… Ah, Carole : est-ce que Georges est prêt ?

L'infirmière

Presque, il termine sa toilette.

Monsieur Manatane

Merci, Carole.

(À la cantonade) Alors, on pense à regarder Georges ce soir, hein ? C'est à 20 h 30 !

(Un vague murmure lui répond) « Oui, Monsieur Manatane. »

(Il monte l'escalier) Ce qui est amusant, c'est que Georges a une télé à lui, mais il ne la prête pas ! Oh non, il distribue les prix, mais la télé, ça, il ne la prête pas ! Sacré Georges !

Monsieur Manatane entre dans la chambre de Georges Cravenne. C'est une petite chambre de home bourrée de souvenirs du cinéma d'antan : photos de stars encadrées au-dessus du buffet et un vieux phono où tourne un quarante-cinq tours de Jane Manson : « Faisons l'amour avant de nous dire adieuuu ! »

Monsieur Manatane

Georges ! C'est Manatane ! Alors, on est prêt ?

(On perçoit des bruits dans la salle de bains voisine)

Georges Cravenne *(off)*

Oui, deux minutes !

Monsieur Manatane enlève son manteau : il est vêtu d'un smoking. Il s'assied sur le lit, où se trouve une valise ouverte.

Monsieur Manatane *(à Georges Cravenne)*

Dépêche-toi, Georges, parce que la cérémonie est dans deux heures, et on a encore de la route : je n'ai pas envie d'être en retard, ce serait très grossier…

(À la caméra) Je suis obligé d'être un peu sévère avec Georges sur les horaires parce que l'hospice ferme à onze heures, onze heures trente, et Carole est très dure avec les horaires.

(Il furète dans la valise de Georges) Qu'est-ce qu'il a mis dans sa valise ? Georges ! Tu n'as pas besoin de deux chemises : une te suffit largement ! *(Il roule une chemise en boule et la jette par terre)* Et ça, qu'est-ce que… ? *(Il entrouvre une boîte Tupperware)* Oh, regardez, il s'est fait des p'tites tartines ! Il se fait toujours des tartines parce que, voyez-vous, Georges mange à des heures régulières pour ne pas bousiller son métabolisme. Là, c'est à la moutarde ! Ah, le fin gourmet !

Georges Cravenne *(off)*

Qu'est-ce que tu dis ?

Monsieur Manatane

Rien, rien !… *(Il retire un César de la valise)* Regardez, c'est son César ça… Il est beau hein ? Je vérifie toujours parce que avec Georges… *(Il dévisse le dessus du César, qui est une Thermos. Il hume et boit une rasade au goulot)* Pouah, du potage pétillant ! Georges, c'est dégoûtant ! Enfin, c'est ses goûts, hein… Je vérifiais s'il n'y avait pas de vermicelles, parce que s'il y en a, ils lui restent coincés dans les dents et il zozote pendant la cérémonie…

Où sont ses dents ? Ah, les voilà !

(Monsieur Manatane s'empare d'un énorme verre à dents où trempe un dentier impressionnant d'environ quatre-vingts dents. Il le montre à la caméra)

Il est énorme, non ? C'est son « spécial cérémonie ». On se demande comment il fait pour faire entrer ça dans sa bouche… Soupèse-le : ça fait au moins 300 grammes. *(Monsieur Manatane enfonce un pan du dentier dans sa propre bouche)* Il le rentre comme cha – moi je ne peux pas parce que ma bouche est trop étroite –, il le cale juste derrière ses mâchoires, il ferme et il le fixe avec une chausse-trappe. Enfin plutôt un chausse-pied…

(Monsieur Manatane remarque un cendrier bourré à ras bord de mégots et de paquets vides. Il interpelle à nouveau Georges Cravenne)

Ah, Georges, je vois que la Présidente (Mme Girardot) est passée en coup de vent et qu'elle a apporté les enveloppes !

Ça, ce sont les enveloppes des Césars, les terribles enveloppes ! Confidentiel. Secret défense, à n'ouvrir sous aucun prétexte ! En tout cas, pas avant la cérémonie…

(Un silence. Regard complice à la caméra)

Bon allez, on s'en fait une petite ! Personne ne le saura… Y a pas mort d'homme ! Meilleure actrice, d'accord ? Qui est la meilleure actrice, cette année ? On le sait avant tout le monde… *(Il décachette l'enveloppe et lit le carton)* Oh, ça c'est bien ! Elle est merveilleuse, c'est une bonne idée…

Encore une ? Une petite, juste comme ça… Meilleur acteur… On fait comme eux : « Le meilleur acteur est… » *(Il décachette la deuxième enveloppe et lit le nom : son sourire se fige instantanément)* Ah bon… C'est étonnant, ça. Enfin, il le voulait son César… Eh bien, il l'aura pas encore cette année !

(Il sort un stylo de sa poche, biffe le nom et en inscrit un autre) Je le remplace par… Jean-Le-Febvre ! Voilà, parce que lui je le trouve très amusant.

Voyez-vous, chaque année, j'essaie d'équilibrer un peu le bazar pour que tout le monde ait sa petite place au soleil.

(Il remet l'enveloppe en place, jette un œil sur les autres et en lit les intitulés)

Meilleur technicien son, on s'en fout… Meilleure maquilleuse, meilleure affiche… Mais tu es fou, Georges, tu mets trop d'enveloppes : je te l'ai déjà dit l'an dernier… Chaque fois il en rajoute et on termine la soirée à des onze heures, onze heures et demie, et puis c'est froid au Fouquet's !

Bon, Georges. J'y vais : je t'attends dans la voiture. Tu as deux minutes !

Monsieur Manatane s'empare de la valise et de son manteau et quitte la pièce.

LA CONCLUSION

Monsieur Manatane *(dans son fauteuil, contemple la fin de la séquence. Il tient un César dans les mains, bien à la verticale. Derrière lui, une photo de César, le sculpteur)*

Alors, s'il vous plaît, à ceux qui ont la chance de monter sur le podium : ayez la gentillesse de respecter le travail de mon ami Jules. Tout le monde le tient à l'envers, son brol* ! Bon sang ! Tenez-le comme il faut : c'est du cinéma, voyons !

Monsieur Manatane montre comment tenir la sculpture : à l'horizontale, comme un écran en cinémascope

Après il ne faut pas s'étonner s'il tire la gueule, le Michel-Ange.

Allez… Bonne soirée.

* Note de l'éditeur (charmé) : *brol* est un belgicisme qui signifie bazar, bric-à-brac.

La Thaïlande

Quelques diapositives de la Thaïlande se succèdent : une chambre d'hôtel, un temple, la vitrine lumineuse d'un magasin, des moines bouddhistes…

On entre ensuite dans une vaste chambre d'hôtel, avec ses fleurs séchées dans une jarre et ses éventails au mur. Sur le bureau, une liasse de dollars côtoie une statue dorée de Bouddha et un action-man tout nu. Au milieu de la pièce trône une caméra vidéo au pied de laquelle traînent des nounours, des sucettes et des bonbons. Au pied du lit, une paire de babouches repose sur une peau de léopard.

Voix off

Au voyageur qui visite l'Asie du Sud-Est, la Thaïlande offre ses temples colorés, le raffinement de son artisanat et les mille sourires de ses chaleureux habitants. Malheureusement, depuis quelques années, les touristes semblent lui préférer d'autres horizons. Pourquoi bouder Bouddha ?

Les vieux pieds de monsieur Manatane enfilent la paire de babouches. On distingue à côté une petite paire de souliers d'enfant. Monsieur Manatane porte un caleçon écossais d'où l'on voit s'échapper une couille.

Monsieur Manatane

Ha, ha, ha ! Tout à fait, Nicolas. Savez-vous qu'en thaïlandais Bouddha signifie « l'Éveillé » ? Je vous demande un peu… Pour un pays où on ne commence le boulot qu'à midi, je les trouve un peu gonflés. Mais au fond, je pense que c'est ça qui nous touche, nous, Occidentaux, dans cette civilisation millénaire : leur culture faite de bric et de broc. Cet art, qui n'en est pas un au fond, et cette façon qu'ils ont de rabâcher leurs vieux mystères d'hommes chauves…

Il se lève, enfile un peignoir de soie orné de dragons.

Oui, je sais qu'il en existe d'autres, de ces pays frustes peuplés d'éléphants et d'animaux anémiques. Mais aucun ne te procurera comme celui-ci les plaisirs de la découverte inassouvie… *(Il tapote la caméra vidéo)* Les trésors de la curiosité insatisfaite… Et nul besoin d'aller te perdre dans je ne sais quel bouge indigène… Non, vous apprécierez mille fois mieux le pays dans le confort d'une belle chambre d'hôtel comme celle-ci ! Cinq étoiles s'il vous plaît ! *(Il se jette sur son lit en éclatant de rire parmi les ours en peluche)* Oh, Thaïlande, je t'aime !…

Sa voix se fait doucereuse.

On dit qu'en Thaïlande, tout est beauté et volupté. Et ma foi, c'est vrai… mais pour qui connaît les bonnes adresses ! Tenez, il y a ici, en bas de l'hôtel, un petit marchand local connu des seuls initiés : « Chez Wang le souple ». Cet homme au visage étrange et à l'œil manquant travaille la peau comme personne. Dans son arrière-boutique, la nature la plus rebelle devient docile et soumise, prête à toutes les fantaisies… Laissez-moi vous montrer…

Monsieur Manatane se laisse glisser voluptueusement au bas de son lit et fait quelques pas. Il ouvre son attaché-case et en retire, perdu parmi des sachets de bonbons, un grand cahier de cuir à fermeture Éclair. À mesure qu'il le décrit, son corps trahit les émotions excessives qu'il ressent.

Oh, je sais… Ce n'est qu'un simple agenda bien sûr, mais sentez-moi la douceur exceptionnelle de ce cuir : du nubuck thaï ! Ferme et souple à la fois. Comme un petit bonnet… Le grain d'une peau pleine fleur !

Il fait glisser lentement la fermeture Éclair et entrouvre la couverture du bout des doigts. Il approche l'agenda de ses narines dilatées et le hume à pleins poumons.

Monsieur Manatane

Hmmmmm… Humez-moi cela. La sentez-vous, l'odeur sauvage, un peu animale, qui se dégage de cette merveille ? On dirait… oui, c'est cela : on dirait la couche d'un petit marcassin encore toute souillée d'excréments et d'épluchures de pommes de terre…

La voilà, cette Thaïlande éternelle : l'art du manuel ! La science thaïe des tomes un peu anciens. Au diable l'avarice : je me damnerais pour ton cuir, Thaïlande !

On entend de légers clapotis. Monsieur Manatane se lève et se dirige vers la salle de bains.

Ah, je crois que c'est l'heure du bain. Excusez-moi… Hou, que de mousse, que de mousse !

(Il disparaît dans la salle de bains)

LA CONCLUSION

Monsieur Manatane *(dans son fauteuil, contemple la fin de la séquence)*

Aah, le merveilleux voyage…

Savez-vous qu'en Thaïlande, certains enfants gagnent jusqu'à quinze francs par jour ? Vous me direz : quinze francs… mais quinze francs, c'est une somme dans ce pays de sauvages ! J'en ai vu qui à dix ans se promenaient avec des montres Cartier, des Rolex ou des sacs de chez Vuitton !

Alors, pour ceux que le sujet interpelle, je conseille le merveilleux livre de mon ami Gabriel Matzneff : *Sourires d'anges*, sur les petits marchands ambulants de Bénazares.

En vous remerciant, bonsoir.

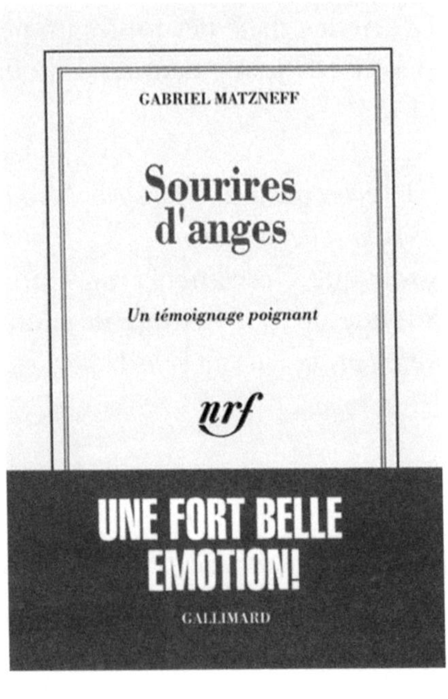

L'adieu

Un diaporama nous montre diverses photos de monsieur Manatane : Manatane avec un chapeau ; Manatane buvant un whisky dans son canapé ; Manatane sur scène saluant son public dans son body étoilé.

Voix off

Il avait su donner de lui l'image d'un prince de l'élégance et du savoir-vivre. À force de détermination et de courage, il avait atteint le sommet…

Le diaporama se poursuit : une voiture un peu floue ; zooms successifs sur l'avant de la voiture ; un pantalon baissé ; zoom arrière : c'est monsieur Manatane en slip, l'œil hagard, bandant sous les caresses d'une fille agenouillée ; Manatane nu sortant d'une piscine ; Manatane chevauchant la fille sur un matelas pneumatique.

Voix off

Une odieuse machination vient de le frapper au défaut de la cuirasse. Brisé par tant d'acharnement, fatigué, écœuré… Daniel Manatane a décidé d'entamer une courageuse retraite intérieure.

On retrouve monsieur Manatane en peignoir, assis à son bureau éclairé par une bougie. Il est exceptionnellement grave, la larme à l'œil, des sanglots dans la voix.

Monsieur Manatane

Oui, Nicolas : je pars… Je pars comme le mauvais soldat rejeté par son armée. Je pars comme une vieille chaussure oubliée dans le bowling. Je pars comme un va-nu-pieds. Et pourtant, j'ai donné le meilleur de moi-même, Nicolas.

Je ne suis pas un mauvais bougre, je n'ai pas un mauvais fond. C'est vrai que je suis parfois un peu coléreux, un peu hautain, mais je suis tout seul, Nicolas. Je travaille pour les autres. J'essaie de donner ce que j'ai de meilleur, et pourtant je ne plais pas. Je vais partir comme une flèche. Oui, bien sûr, monsieur Manatane est fort, il est costaud, mais quand il a son cœur qui saigne… Et là, c'est un coup de trop. Je ne peux plus tenir debout. Eh bien, c'est le sort des gens qui ont parfois beaucoup à dire…

Il faut savoir se retirer. Soit. Un homme du monde doit savoir souffrir dignement.

Messieurs, sachez que lorsque le chagrin vient à pointer, que l'amertume et la déception deviennent monnaie courante dans votre vie, il faut savoir souffrir avec élégance et rester digne de recevoir la compassion et l'amour de tous.

Et pour ça n'hésitez pas à en rajouter une petite dose dans le pathos : ça touche toujours. Qu'on fasse entrer les putains, je vais me détendre. J'ai besoin d'une bonne dose d'amour…

LA CONCLUSION

Le fauteuil en cuir habituel de monsieur Manatane se tourne, exceptionnellement vide.

Éleveur de champions

Un ballon de football atterrit sur une grande prairie vallonnée. Il est immédiatement rejoint par une équipe de foot au grand complet.

Voix off

En 1994, le chanteur chauve Elton John, grand amateur de football, devenait propriétaire de l'équipe de Manchester pour une somme mirobolante. Le phénomène semble avoir gagné la France, puisqu'un mystérieux milliardaire vient de débourser 250 millions de nos francs pour s'offrir le F.C. Saint-Julien.

Le monde de la finance s'intéresserait-il donc au football ?

Les footballeurs accourent dans un beau concert de jappements (« Passe ! Passe ! Passe ! »). Ils croisent monsieur Manatane qui apparaît à cheval, en costume de chasse à courre.

Monsieur Manatane

Écoutez, Nicolas, pour être tout à fait franc, le football, moi je m'en fous. Moi, ce qui m'intéresse, ce sont les super-champions. Et là, je viens de faire l'affaire du siècle : onze magnifiques athlètes en pleine forme et qui sentent bon la sueur. Allez, les p'tits gars ! Y faut mouiller le maillot !

Il donne des coups de sifflet.

Monsieur Manatane est descendu de son cheval, tandis que les footballeurs s'égaient sur la pelouse autour de lui en hurlant :

« On est les cham-pions ! On est les cham-pions ! »

Les joueurs

Allez, une passe ! Fais une passe ! Une tête ! Une paasse !

L'un des joueurs passe la balle à monsieur Manatane, qui la rate minablement.

Monsieur Manatane

Ah, ils sont fous…

Monsieur Manatane empoigne affectueusement un joueur par la tignasse.

Monsieur Manatane

Ça, c'est mon numéro 13 ! C'est mon préféré… *(Il le taquine)* Mais c'est qu'il mordrait !

Alors qu'il se laisse tomber dans l'herbe avec lui, les autres joueurs se jettent dessus joyeusement. Embrassades et autres cabrioles viriles.

Ha, ha, ha, ha ! Ils sont fous ! Attention, je vais distribuer des cartons jaunes ! Ha, ha, ha, ha !

Monsieur Manatane, *à son joueur préféré*

Allez, relève-toi… Grand con, va !

Les footballeurs se remettent à courir.

Monsieur Manatane, *resté seul*

Vous savez, il faut vous dire que je n'ai pas toujours fait dans le champion de football. Non, avant, j'étais plutôt dans le champion olympique, vous savez : saut en hauteur, lancement du javelot… Et puis, je ne sais pas, j'ai fini par me lasser et j'ai tout revendu.

Monsieur Manatane passe à présent à la hauteur de son chenil. Un athlète torse nu y somnole dans un coin.

J'en ai gardé un, un vieux mâle lanceur de poids. Je m'y étais attaché… Je ne le garde que pour les saillies…

Monsieur Manatane est rentré dans le chenil et salue affectueusement son vieux lanceur. À l'approche de son maître, le lanceur se lève et s'approche de lui en se coinçant un poids dans le cou.

Monsieur Manatane, *se pinçant le nez*

Qu'est-ce que ça pue ! Quand ils deviennent vieux, ça commence à puer l'engrais.

Salopard ! Hein, où est-ce que tu es, mon salopard ? Espèce de salopard !

(À la caméra) Venez, venez, il s'appelle Salopard. *(Il ouvre la grille)* Ne vous approchez pas trop, parce qu'il est très craintif. Il a peur qu'on lui fasse du mal.

Monsieur Manatane se met à le taquiner, il le prend dans ses bras un peu durement, et lui pince le bras.

Le lanceur

Aïe, aïe !

Monsieur Manatane, *en sortant du chenil qu'il referme derrière lui*

Oh, je ne t'ai pas fait mal, ça va, hein ! Il n'a pas eu mal. Non : je ne ferais jamais de mal à un champion. Je les aime trop… Vous savez, quand je vois tous ces dégueulasses qui abandonnent leurs champions au mois d'août ! Combien j'en ai vu, des escrimeurs ou des haltérophiles, qu'on attache à un arbre au fond d'un bois ou au bord de l'autoroute... Merde, ça me dégoûte !

Une dame rappelle tout le monde à l'ordre d'un coup de sifflet.

À tâââble, les enfants !

Les onze joueurs cavalent vers la table.

Monsieur Manatane remue une louche dans une énorme boîte de conserve « viande pour champions ». Tous les joueurs sont attablés avec une gamelle devant eux.

Vous savez, le footballeur est un champion qui a besoin de courir, de se dépenser. Alors il nécessite une alimentation toute particulière. C'est pourquoi je lui donne ce qu'il y a de meilleur : de la viande pour champions, riche en oligo-éléments, en vitamines et en fibres naturelles, avec de vrais morceaux de hiboux.

À table, mes champions !

Il donne un coup de sifflet. À ce signal, tous les champions plongent le nez dans leur gamelle.

Tandis qu'on entend la musique du Professionnel, *on voit quelques joueurs courir au ralenti et se passer la balle parmi les herbes hautes, sur une plage...*
Un sous-titre défile à toute allure :

concentré de haricots vitaminés 16 % – arôme épicé de charcuterie stabilisée 14 % – farine anabolisante 3 % – saucisses énergétiques 47 % et avec de vrais morceaux de hiboux réchauffés et conservés en fût cinq ans d'âge.

Monsieur Manatane *(off)*

Le footballeur a besoin d'espace pour jouer au ballon. Il est très sociable et apprécie la compagnie des enfants. En même temps, c'est un sportif très exigeant et affectueux : il n'a qu'un seul maître. Il apprécie les gourmettes et les chaînes dorées, les filles un peu voyantes à la poitrine abondante… Mais c'est aussi un sportif exigeant, tendre, et qui a besoin de toute l'attention de son éleveur pour conserver ses beaux mollets durs et son petit cul bandant moulé dans un short !

On retrouve monsieur Manatane, le soir, fumant une bonne pipe dans son salon, autour d'un feu de cheminée : la tête du gardien de but est posée sur ses genoux. Autour de lui, quelques footballeurs se reposent sur le canapé et dans de grands paniers.

Monsieur Manatane *chantonne*

« Il fait chaud dans la maison… » Vous sentez cette bonne odeur de camphre et de chaussette ? Eh bien, voyez-vous, pour moi c'est l'odeur du bonheur… Oh, je sais qu'on me prend pour un original… Mais vous savez, c'est peut-être à force de fréquenter les hommes que j'ai fini par préférer la compagnie des sportifs. Et puis eux au moins, je peux vous dire qu'ils ne trichent jamais.

Un coup de sifflet.

Au lit, mes champions ! « Il fait bon dans la maison… »

LA CONCLUSION

Monsieur Manatane *(dans son fauteuil, continue de chantonner)*

« Il fait bon dans la maison… »

Merveilleux champions n'est-ce pas ? Hélas, quelques jours plus tard, ils attrapèrent la rage. Oui, et j'ai été obligé de les noyer… sauf deux, que j'ai préféré claquer au mur dans un vieux sac… C'est Denisot qui m'a appris ce truc-là…

Allez, en vous remerciant, bonsoir.

Le quotient intellectuel

Un long couloir nous mène jusqu'à une salle de laboratoire, où trône un énorme ordinateur. Monsieur Manatane est installé à une table devant la machine. Il a un nœud papillon, de grosses lunettes, et un grand front chauve couronné d'une chevelure folle.

Voix off

En 1997, le département d'Intelligence artificielle de l'université de Rochefort a mis au point « Gros Bleu », le premier ordinateur capable de rivaliser avec le cerveau humain. Cent vingt-huit processeurs, une puissance de calcul jamais égalée.

Monsieur Manatane termine victorieusement un bras de fer contre un maigre bras qui sort de l'ordinateur. Il se lève en jubilant, foudroyé par une décharge électrique, et débranche ensuite tout le bazar.

Voix off

Pour la première fois dans l'histoire, le cerveau de l'homme aurait-il trouvé son maître ?

Monsieur Manatane

Soyez sans crainte, Nicolas. Dormez tranquille, esprit simple, car Dieu merci, il existe encore de par le monde trois ou quatre énormes cerveaux comme le mien, bien éclairés, et que l'ordinateur n'est pas près de niquer !

Monsieur Manatane s'est levé, a enfilé sa veste. Il parcourt le couloir plein de vitrines et de crânes d'animaux. Il prend dans une étagère un plateau qui contient un énorme cerveau.

Mais attention : en matière de cerveau, ce n'est pas la taille qui fait la qualité.

Tenez, je viens de recevoir le cerveau de mon ami François Valéry (le chanteur, attention : rien à voir avec le poète). Il me l'a laissé en dépôt parce qu'il n'en a pas l'usage.

Monsieur Manatane s'approche du cerveau.

Ouch ! Ça sent la bière de table ! Eh bien, c'est un très, très beau spécimen parce qu'on voit très bien les zones motrices. *(Il tâte le cerveau à l'aide d'une corne qu'il prélève sur un crâne d'antilope accroché au mur)* Voyez : la zone un peu rouge, ici, est visiblement irritée, parce que c'est ce qui lui sert à faire des créneaux avec sa grosse automobile. Et celle-là, la jaune, là… Je me tâte, je ne sais pas bien : elle lui sert sans doute à faire son lit, ou rouler ses clopes…

Et là, regardez, c'est amusant : ici au centre de l'hémisphère, c'est la zone « nouveaux projets ». Voyez : quand j'appuie, il y a un peu de pus. Eh bien moi, j'enlève tout ! *(Il arrache un peu de cervelle avec la corne)* C'est pour lui rendre service. Je la reboucherai avec du plâtre : ni vu ni connu. *(Il remet la corne sur le crâne de l'antilope)*

Monsieur Manatane se dirige vers un tableau montrant l'évolution de l'espèce humaine.

Mais attention, hein, parce que vous n'êtes pas obligé de laisser votre cerveau en dépôt. Oui, parce que je pratique aussi ce qu'on appelle des tests dits de « quotient intellectuel », notamment avec les gens du show business. Ils veulent toujours savoir, bien que dans l'ensemble, les résultats soient sans surprise… Regardez ce tableau : ça commence avec les macaques, qui font une moyenne autour des 50-53. Juste après le macaque vient l'homme de télévision avec un bon 69 de moyenne, suivi par l'homme de cinéma, sauf peut-être Christophe Lambert, qui nous fait un petit 48 poussif quand il met ses lunettes, et le journaliste, qui plafonne à 85.

Ces tests me permettent quelquefois de leur donner des petits conseils d'orientation professionnelle.

Tenez, j'avais une amie dont je tairai le nom – secret professionnel oblige – qui vint me voir et qui me dit : « Manatane, j'ai envie d'enseigner les mathématiques appliquées. » Je lui ai dit : « Non, Sheila ! Tu as une grosse flaque d'eau dans le cerveau, on l'entend quand tu tousses. Essaie plutôt la chanson… » Et elle eut son petit succès dans les années soixante…

Monsieur Manatane se dirige vers la sortie de son bureau.

Excusez-moi… Maintenant, je dois aller rejoindre mes étudiants.

Monsieur Manatane fait son entrée dans un amphithéâtre bondé. Il laisse son crâne chevelu au portemanteau et pose sa sacoche sur la table.

Monsieur Manatane, *aux étudiants*

Messieurs, bonjour !

Les étudiants, en chœur

Bonjour, monsieur Manatane !

Monsieur Manatane

Juillard, à votre place ! Veuillez prendre vos calculatrices, je vous prie…

(En aparté) Voyez-vous, j'aime bien stimuler le cerveau de mes étudiants, en leur soumettant quelques équations périlleuses que j'élabore moi-même dans mon laboratoire, avec ma bécane. Si vous possédez une calculatrice, essayez de faire l'exercice chez vous.

(Aux étudiants, très professoral et en détachant bien ses mots)

Le problème est le suivant…

Il se tourne pour écrire au tableau, efface d'abord l'inscription « Manatane = PD » sous quelques rires.

Ça ne fait rire que vous, Juillard…

(Il écrit au tableau les chiffres au fur et à mesure de son discours)

Une fille, 17 ans, 94 de poitrine… *(il souligne trois fois le 94)*… entre dans la chambre. Et ici je vous demande toute votre attention, messieurs : dans la chambre 591. Ça ne vous intéresse pas, Lambert ? *(Il lance une craie au visage du bavard)*

Elle voit 3 merveilleux garçons : je multiplie le résultat par 3.

Voici ma question, messieurs : pouvez-vous me dire ce que cette malheureuse fait dans un tel boui-boui ? Veuillez retourner vos calculettes, je vous prie.

(Le nombre obtenu, 35383773, donne, inversé, « ELLEBESE »)

Très fier de lui, monsieur Manatane reprend ses affaires et ressort de l'amphithéâtre en saluant l'assemblée :

Je vous remercie de votre attention. À demain.

(En aparté)

Vous voyez, j'aime partager ma science avec la jeunesse…

LA CONCLUSION

Monsieur Manatane *(dans son fauteuil, contemple la fin de la séquence. On voit derrière lui une photo d'Einstein)*

Merveilleux enfants !

Vous savez, on nous parle souvent de l'intelligence d'Albert Einstein. Sachez pourtant qu'elle est toute relative. Eh oui ! E=M6, au départ, c'est moi qui ai eu l'idée. Je le sifflais déjà sous la douche alors qu'Albert loupait son bac, le fainéant. Tout ça, c'est parce qu'il avait des chouettes cheveux.

En vous remerciant, bonsoir.

Une leçon de rire

Un calvaire à contre-jour sur fond de ciel bleu. On entend des sons de cloche. Une file de gens se succède pour rendre un dernier hommage au mort que l'on vient d'enterrer. Le curé passe le goupillon à chaque nouvel arrivant. Tour à tour, chacun y va de sa motte de terre ou de sa bénédiction, avant de serrer la main de la veuve.

Voix off

Avec Lucien Baron, la France vient de perdre un résistant de première heure et un poète incomparable. Torturé par la cruauté de la critique, il n'a pas supporté l'accueil injuste qu'a reçu son dernier recueil et s'est donné la mort jeudi dernier à son domicile parisien. Aujourd'hui, le cénacle des lettres françaises l'accompagne jusqu'à sa dernière demeure.

On y reconnaît monsieur Pierre-Yves Honet, le colonel Regnier, madame Brigitte Bellion et monsieur Jean Manatane qui, avec le sérieux et la pondération qu'on lui connaît, a tenu à rendre un dernier hommage à son ami.

Monsieur Manatane apparaît dans la file au moment où la voix off prononce son nom. Il porte un manteau de fourrure et un chapeau noir.

Écoutez, Nicolas… Vous commencez à me courir sur le haricot ! « Pondération », « pondération »… Je vous emmerde, mon vieux.

Vous savez, je ne suis pas si austère et bégueule qu'on le pense. C'est simplement mon travail qui m'oblige à rester distant. *(S'adressant à son voisin de derrière)* Mais… vous arrêtez de pousser, s'il vous plaît !

Parce que, pour ce qui est de la rigolade, je sais être drôle. Figurez-vous que je n'ai de leçons à recevoir de personne. Surtout pas de quelqu'un qui doit de l'argent à tout le monde !

Il prend le goupillon, poussant la femme qui l'a précédé.

Allez, ça va !

Devant la veuve éplorée et le général, il retire son chapeau :

Je vous présente mes condoléances les plus sincères. Sachez que je partage votre chagrin. *(Il remet son chapeau)*

Monsieur Manatane met le goupillon dans sa poche et s'assied. Il se prend à évoquer le passé avec tendresse.

Vous savez, déjà petit, ma mère… Une très belle femme, comme ça, grande avec de très beaux yeux et des jambes poilues… Hélas ! elle fut rasée à la Libération… Maman… Elle me disait souvent : « Jean, tu n'as pas ton pareil pour faire rire l'Allemand ! » Et c'est vrai, ma foi : j'avais ce don inimitable de raconter des histoires cocasses à l'occupant… Des plaisanteries…

Sous le regard consterné de l'assemblée, il sort une cigarette de son paquet, se relève et d'un geste distrait demande du feu au prêtre, qui fait non de la tête.

Tenez, je ne résiste pas au plaisir… Écoutez celle-ci : elle est, ma foi, fort amusante.

C'est l'histoire d'un bon gros curé qui puait de la bite.

L'assemblée proteste. Une femme fait le signe de croix.

Monsieur Manatane continue

Pol est curé de campagne. Vous savez, de ces bons gros curés de campagne comme on les aimait autrefois, rougeauds et sanguins ! Hélas, il ne se lave pas et se plaint de sentir extrêmement mauvais du pénis. Alors, il décide de se rendre chez le droguiste afin de remédier à ce terrible désagrément.

Et voilà donc notre bon gros curé, bon an mal an, qui se rend chez notre ami le droguiste. Il rentre dans l'officine et s'écrie : « Ohé, monsieur l'apothicaire ! »

Il faut savoir qu'à l'époque, les apothicaires étaient un peu comme nos pharmaciens d'aujourd'hui.

« Ohé, monsieur l'apothicaire ! Auriez-vous de la poudre insecticide ? » demande Pol d'une voix qui trahissait quand même quelque peu son embarras.

« Mais certainement, monsieur l'abbé ! », répond l'apothicaire très au fait des réserves de son officine. Il venait d'en commander plusieurs sacs pour une malheureuse fermière dont les champs étaient ravagés par les escargots.

« Je vous la mets dans un sachet ou dans une boîte ? »

« Comment ? » demande l'homme d'église.

« Dans un sachet ou dans une boîte ? »

Question somme toute banale, mais le curé était un peu dur d'oreille.

« Ni en sachet ni en boîte ! » réplique Pol, qui entrouvre sa soutane pour dégager son membre malade : « Tape tout là !!! »

Ha, ha, ha, ha ! Extraordinaire !

La foule murmure, consternée.

Monsieur Manatane sort le goupillon de sa poche, et bénit le cercueil tout en terminant sa phrase.

Évidemment, il faut se mettre à la place du membre : à l'époque, les soutanes étaient excessivement chaudes, n'est-ce pas, monsieur l'abbé ? C'est ce qu'on appelle du comique de narration.

Monsieur Manatane fait mine de rendre le goupillon au prêtre, mais le retire à la dernière seconde et, très satisfait, s'en explique :

Ha, ha, ha, ha ! Vous avez vu comme je l'ai attrapé ? Ça, c'est ce qu'on appelle du comique de situation. C'est tout à fait différent.

Prenez ce simple goupillon : quand on a un peu d'imagination et qu'on a un œil exercé comme le mien, il peut se muer en brosse à dents par exemple, ou en un harmonica merveilleux ! Ou en… truc pour se frotter dans les oreilles !

Ou alors tout simplement *(il porte le goupillon à sa bouche comme un micro)*, je peux me transformer en journaliste interviewant les grands de ce monde !

(Il s'approche d'un militaire dans l'assemblée)

En direct du Parc des Princes, je reçois le colonel Machin-Bidule.

(Au militaire) Et alors, mon vieux… Garde-à-vous ou quoi ?

Colonel, parlez-nous de ce match de football extraordinaire !

(À la caméra) Évidemment, il ne peut pas jouer le jeu parce qu'il boude. Et l'improvisation, vous savez, ce n'est pas donné à tout le monde, c'est un travail ! Et le talent ne serait jamais qu'une sale manie… *(Il trébuche et tombe dans la fosse)*

LA CONCLUSION

Monsieur Manatane *(dans son fauteuil paraît dépité)*

Bon, eh bien, j'espère que vous avez bien ri à mon détriment.

J'ai cru comprendre que tout le monde ne partageait pas vraiment mon humour fascinant, et c'est dommage.

J'ai donc décidé de me retirer et de me consacrer à ce qui fut sans doute ma véritable vocation : le ski nautique. Je vous remercie de votre fidélité.

En vous remerciant, adieu.

M&D Productions

Le vent souffle sur la banquise, où se tient un igloo isolé, nimbé d'une lumière blafarde.

Voix off

Depuis quelques années, le cinéma français a retrouvé un nouveau souffle. Loin des paillettes et du brouhaha guerrier des superproductions hollywoodiennes, il s'est tourné vers les problèmes de la réalité au quotidien.

Un Esquimau sort de l'igloo. Tout à coup arrive une mobylette en piteux état Le conducteur, un jeune Noir avec un bonnet rasta et un énorme pied-bot, laisse sa mob à l'entrée. Le couple se dévisage avant de s'enlacer tendrement.

Voix off

Les minorités auraient-elles enfin trouvé droit de cité sur nos écrans ?

On découvre alors l'ensemble de la scène : nous sommes dans un studio de tournage, plein de projecteurs, de perches, de techniciens qui s'affairent. Monsieur Manatane, dans son fauteuil de réalisateur, vient de terminer la scène de fin de son nouveau film. Il porte une visière sur le front et un viseur autour du cou.

Monsieur Manatane, *hurlant dans un porte-voix*

Non, non, non, non !!! Coupez !

(À la caméra) Dites-donc, Nicolas, vous seriez gentil de ne pas parler pendant la prise…

(À l'équipe) La déco ! Dis donc, j'avais demandé un igloo de banlieue ! On est en Alaska, mais en banlieue ! Alors sur cet igloo, je veux des tags, des graffiti… « Mort aux keufs » par exemple…

Monsieur Manatane monte sur le décor et s'adresse aux comédiens :

Je veux plus d'émotion, vous entendez ?
(Au jeune Noir)
Bon, alors toi… Comment tu t'appelles ?

Un assistant

N'djala Bawi.

Monsieur Manatane

Bon, alors, Djaoui… Qu'est-ce que tu as au pied ?

Djaoui

Un bot-pied, monsieur Manatane…

Monsieur Manatane

« Un beau pied » ! Non, tu as un pied-bot, Djaoui ! Un merveilleux pied-bot ! Est-ce que tu vois quelqu'un d'autre sur ce plateau qui possède un pied-bot ?

Djaoui

Non, monsieur Manatane…

Monsieur Manatane

Alors ne le gaspille pas, Djaoui ! Fais-le exister, bon sang ! Ton pied-bot, c'est ta différence ! C'est toi ! Tu dois devenir ce vilain chausson, cette blessure ! D'accord ?

(À l'Esquimau, muet et ivre)

Et toi, Inouk, tu sors pas du trou du cul d'un âne, là ! Tu dois ressentir la scène ! C'est toi qui vas payer son opération, parce que tu es amoureux !

Donc, quand tu sors, mets-y de l'énergie, mets-y de l'amour ! Hein ? *(L'Esquimau acquiesce)*

(Aux techniciens) Bon, donnez-lui de l'alcool, on fait une pause de cinq minutes.

Monsieur Manatane se met à déambuler dans le studio en s'adressant à la caméra. Quelques acteurs et figurants font la causette en arrière-plan : un estropié, un SDF, un aveugle qui discute avec un sourd en langage des signes, une femme battue...
Tout en parlant, il avise un handicapé dans un fauteuil roulant et le trimballe dans le studio.

Monsieur Manatane

Ces acteurs esquimaux sont étonnants... Ils ont une perception de la vie tout à fait différente... Et quelle authenticité dans ce visage buriné !

(À un assistant) Étienne, l'autiste, il va se maquiller tout seul ?

Monsieur Manatane laisse le fauteuil roulant aux mains de l'assistant. Il entre dans une salle d'attente, où sont assises plusieurs personnes à la mine sinistre. L'un d'eux, en pyjama, regarde fixement le plafond.

Monsieur Manatane

L'idée m'est venue il y a trois ans : qui mieux que de vrais exclus pour jouer les exclus ? Voyez-vous, maintenant les exclus ont enfin un cinéma à eux. On leur donne enfin la parole… Et grâce à qui ? Grâce à monsieur Manatane et à M&D Productions : « Minorités et Différence ». C'est le nom de ma firme, car oui, ma firme !

(À une fille triste assise sur une chaise) Toi, par exemple, tu viens pour le casting de la femme battue. C'est pour le sitcom, hein ? *(Elle fait oui de la tête)* Et tu es venue avec ton mari ? *(Il désigne une sorte de clochard, assis à côté d'une bouteille de vin)* Tu as bien fait.

(À un jeune homme aux cheveux ras, mal rasé, patibulaire) Toi, pourquoi viens-tu ?

Le jeune homme

Le casting de « La Haine ».

Monsieur Manatane

Le quoi ?

Le jeune homme

« Le Retour de la Haine ».

Monsieur Manatane

« Le Retour de la Haine » ? Où habites-tu ?

Le jeune homme

Dans le seizième…

Monsieur Manatane

Dans le seizième ? ! *(Furieux, il l'attrape par l'épaule)*

Fous-moi le camp, espèce de saligaud !!! Tu n'as pas ta place par ici ! Disparais ! *(Il le traîne dehors, on entend le jeune homme se faire tabasser par l'équipe)*

Monsieur Manatane

J'en avais marre, moi, de ces comédiens, qui viennent bramer sur la banlieue en pétant dans la soie et en bouffant du caviliard ! Assez d'hypocrisie, assez de salamalecs, les loulous de la finance ! Non, monsieur !

Il se calme soudain. Passant devant une loge de maquillage, il demande doucement :

Ça va, Thérèse ? Si elle a des boutons sur le visage, qu'est-ce qu'on fait ? On les met en… ? En évidence ! Mais oui, Carole. Elle est merveilleuse…

Une voix l'appelle

Monsieur Manatane ?

Monsieur Manatane

Oui, j'arrive, Sandrine. Je suis un peu tendu, pardonnez-moi… Ici c'est du studio, mais d'habitude, je tourne en extérieur. Je viens de filmer des lépreux qui font de la samba. C'est à vous perforer le fondement !

Qu'est-ce qu'il y a, Sandrine ?

L'assistante s'est approchée de monsieur Manatane et lui tend une série de radiographies.

L'assistante

Monsieur Manatane, madame Kalifa a déposé ses photos...

Monsieur Manatane

Voici Sandrine, la responsable du casting pour le feuilleton... Je n'ai pas le temps, Sandrine...

L'assistante

Mais elle prétend qu'elle est kurde, Excellence !

Monsieur Manatane

Elle est kurde ? Ah bon. Montrez-moi ça... *(Il examine quelques radiographies de poumons)*

Nom de Dieu ! Quel merveilleux kyste ! Où est-ce qu'elle a attrapé cette saloperie ?

L'assistante

En prison, Majesté.

Monsieur Manatane

En prison ? Excellent ! Appelez cette petite, faites-lui un contrat : je veux l'exclusivité sur sa bio. Martine, appelez Bernard-Henri et demandez-lui s'il est intéressé par une histoire de Kurde, qu'il me fasse tout ça à la sauce Baudelaire, avec de la littérature...

(À la caméra, redescendant l'escalier, suivi par l'assistante)

Vous voyez, cette petite Kurde avec son kyste… Si ça tombe, dans deux semaines j'ai le script sur mon bureau, et c'est le succès garanti. Je vois d'ici le titre : « Mon kyste kurde » ?… Notez, Sandrine ! « Moi, Kalifa, treize ans, reine du kyste » ?… Enfin, on verra… Quelque chose avec un « K » : Kyste… Kurde… Un film karabiné ! Ha, ha, ha, ha !

L'assistante

Peut-être tout simplement « K »…

Monsieur Manatane

« K » ?… Non, j'ai l'impression que « K » tout seul ça n'accroche pas, ça sent le bide ça, je crois… Bah ! On verra ça, Sandrine… Travailler, travailler, toujours travailler !

Quoi qu'il en soit, le choix des comédiens, croyez-moi, c'est fondamental.

Monsieur Manatane

Vous savez, le public, on ne le trompe pas. On le respecte, parce qu'on l'aime. Et ce qu'il cherche, c'est la vérité, c'est l'authenticité… Alors quand TF1 m'appelle pour me recommander trois crétins goitreux qui veulent réussir dans la musique, eh bien croyez-moi, je me coupe en quatre, je leur trouve ce qu'il y a de pire… et ça fait un carton !

Il retourne sur le plateau de tournage, refait faire un petit tour au fauteuil roulant en chantant :

« Partir un jououour, sans retouououour… »

Ah ! Djaoui, il y a un petit changement dans le script ! Déshabille-toi, mets-toi torse nu, tu vas faire l'amour avec un autiste ! Allez, les enfants, on reste souple, ça tourne ! Moteur !

LA CONCLUSION

Monsieur Manatane *(dans son fauteuil, contemple la fin de la séquence)*

Quelle merveilleuse firme de production, n'est-ce pas ? Et salutaire, je crois… J'en profite pour faire une petite annonce de casting : je cherche un jeune acteur péruvien possédant un panaris, oui, c'est pour un long métrage. *(On voit derrière lui l'image d'une main atrocement vérolée)*

« Mon Panaris à Panama », c'est l'histoire d'un petit joueur de flûte qui a le doigt en feu. Envoyez très vite vos photos s'il vous plaît à Canal Pelu.

En vous remerciant, bonsoir.

Navigateur solitaire

L'océan, s'étendant à perte de vue sous un ciel nuageux. On n'entend que le léger clapotis des vagues.

Voix off

La traversée de l'océan en solitaire : de tout temps, le Grand Bleu a fasciné les hommes. On ne compte plus les marins intrépides, les aventuriers inconscients qui ont défié la mer, seuls sur leur coquille de noix.

Un homme, vu de dos, fume la pipe. Il porte une veste bleu marine à boutons dorés, et un bonnet en caoutchouc de marin breton.

Voix off

Mais ces chevaliers modernes, ces Don Quichotte de l'océan, que cherchent-ils au fond ?

L'homme se retourne : c'est monsieur Manatane, barbu et hâlé, l'oreille percée d'un anneau.

Monsieur Manatane

Ce qu'on cherche ? Mais bon sang, Nicolas, c'est très simple, moussaillon ! Ce qu'on cherche, c'est le danger : retrouver notre instinct de survie face aux éléments déchaînés !

Une fiente d'oiseau s'abat sur la tête de monsieur Manatane, qui se tourne vers le ciel. Le visage maculé de caca verdâtre, il reprend, avec un sourire débonnaire :

Qu'est-ce que… ? Ah, c'est Jonathan, il vient de me chier dessus ! C'est un goéland.

Bon, cela dit, ce n'est pas une raison pour s'équiper n'importe comment, on ne prend pas la croisière en solitaire à la va-comme-je-te-pousse !

On découvre que monsieur Manatane se trouve en fait sur le pont d'un somptueux paquebot complètement désert.

Vous savez, la mer appartient à ceux qui en ont les moyens. Soixante cabines, vingt-sept salles de bains, trois pistes de danse, cuisines équipées, un sex-shop, un cinéma, casino, piscine, Jacuzzi, salle de danse et deux caves à vins ! Et tout ça pour qui ? Pour moi tout seul ! Croyez-moi, messieurs les marins d'eau douce, la navigation en solitaire, cela ne s'improvise pas.

Monsieur Manatane contemple l'horizon. Il se fige soudain :

Oh, mon Dieu, mais… par la barbe de saint Patrick ! *(Il prend des jumelles)* Oooh ! Des boat-people ! Mais… ils me font signe. Mais regardez-moi ça, quelle détresse : ils sont bien 500 sur cette petite coquille de noix ! Je crois que leur bateau prend l'eau ! Oh, les malheureux : ils gaspillent leur dernière fusée ! Il faut que je fasse quelque chose pour ces malheureux Chinois !

Évidemment, je ne peux pas les embarquer, vous comprenez bien, sans cela je serais disqualifié de la course. Alors, je leur laisse un dernier message d'amitié. *(Il actionne un klaxon italien et leur fait bonjour avec le bras)* Ha, ha, ha ! Oh, mais ils sont grossiers : ils ne me répondent même pas !

Allez chier, va !

Dans la cabine de pilotage, monsieur Manatane s'empare du microphone de la radio de bord.

Allô… Tango Zoulou… Ici vieux loup de mer, me recevez-vous ?… Vous m'excusez deux secondes : il faut que je laisse un message à mon sponsor… Tango Zoulou, me recevez-vous ? je vous donne ma position… *(Il souffle dans le micro, simulant la panique et les crachotements de sa radio)* Pfffff ! Aaah, que se passe-t-il ? Aaaaargh… bip bip bip… Forte tempête, forte tempête… *(Il rejette le microphone)* Ha, ha, ha !… J'en rajoute des caisses, mais bon : il faut faire monter la tension, vous comprenez, ça fait partie de mon contrat avec la télévision.

(Sur le pont, Manatane se dirige vers un seau de crevettes qu'il sème par-dessus bord)

Ha ! J'en connais, moi, de ces marins de banlieue qui prennent la mer avec leur bite et leur couteau ! N'ont que la casquette pour naviguer : « J'y arriverai, j'y arriverai, pas de problème, faites-moi confiance… » « J'y arriverai », tu parles… Et on les retrouve à La Rochelle, la gueule sous l'eau, oui ! Non, croyez-moi : on ne fait pas les 24 Heures du Mans sur un Solex !

(Il charge une carabine) Les dauphins adorent les crevettes, et moi j'adore les dauphins ! Vous savez, le dauphin, quand il est bien préparé dans une petite poêle, avec un peu de beurre blanc… Hmmm ! Et ses petites nageoires ! Allez les dauphins, allez ! *(Il jette encore quelques crevettes et tire à la carabine)*

Monsieur Manatane est en train de manger dans le restaurant du bateau. Il montre à la caméra un sachet de soupe Royco.

Ce qui est extrêmement important dans la navigation en solitaire, c'est bien entendu l'alimentation. Alors, s'il vous plaît : ne commencez pas avec des saloperies lyophilisées ! *(Il jette le sachet par-dessus bord et va en salle où l'attendent un magnifique plateau de fruits exotiques et une bouteille de champagne dans un seau)*

Non, voyez-vous : moi, je profite de mes nombreuses escales dans les îles pour troquer avec l'indigène quelques mangues, ananas, et surtout bananes. Rien n'est meilleur qu'une bonne banane avec un peu de champagne !

Il ressort sur le pont, tout en mangeant sa banane.

Ah, à propos de banane dans les îles : faites très attention, parce qu'on y rencontre une espèce de parasite, une véritable infection qui vous bousille les oreilles et la cargaison en quelques heures.

Comment s'appelle-t-il déjà, ce type ? Il est facile à reconnaître, il passe souvent à la télé... De toute façon, vous pouvez pas le louper... Il a des cheveux en poils de zizi, une grande barbe et des chemises tahiti ! Et sa chanson, comment c'était ? *(Il fredonne la chanson d'Antoine)* « Touchez pas à la mer, non, non, non, non, touchez pas à la meeer. » De la haute littérature, ha, ha, ha ! Quelle tache ! L'an dernier, avec les copains, on lui a bousillé son rafiot à coups de barre à mine du côté de la Réunion. Je peux te dire qu'avec ce qu'on lui a mis, il est pas près d'y retoucher, à la mer !

Assis sur son lit, en chaussettes et caleçon, mais toujours avec son pull rayé et sa casquette, il joue de la guitare. À côté de lui traînent des revues porno.
Il chante :

« J'ai la guitare qui me démange, alors je gratte un p'tit peu… ça me soulage et ça s'arrange, mais ça fait pas très sérieux… »

Ah, merveilleux Yves Duteil… Voyez-vous, moi j'aime beaucoup Yves, parce qu'il a vraiment mis le doigt sur le vrai problème du marin solitaire… Oui : c'est la guitare, et moi je traîne ma guitare depuis bientôt deux ans…

Ce qui caractérise le navigateur solitaire, c'est sa capacité à réagir en cas de problème ou d'avarie. Moi je travaille avec la même colle que mon ami Bombard *(il mime une branlette)*. Bon, Alain, c'était pour recoller une rustine. Moi, j'ai dû recoller toute la colonne de direction. Heureusement, j'ai mes bouquins !

Soudain, on entend le bruit assourdissant d'une collision. Le choc déséquilibre monsieur Manatane. La première surprise passée, il se redresse fièrement.

Mon Dieu ! J'ai touché quelque chose ! Un iceberg ! Un glaçon géant !

Messieurs, quand le navire coule, le capitaine se doit de disparaître avec lui dans les abysses.

LA CONCLUSION

Monsieur Manatane *(dans son fauteuil, contemple la fin de la séquence)*

Quel merveilleux souvenir, n'est-ce pas ?

En fait, ce que je venais de harponner n'était pas un iceberg, mais un pétrolier panaméen. Vous auriez dû voir la marée noire qui s'ensuivit ! Hmm hmm ! C'est très joli d'ailleurs la nuit : on dirait comme une toile cirée sur une table en formica. J'ai eu droit à un sauvetage merveilleux : une demi-douzaine d'hélicos pour moi tout seul, le tout retransmis en direct ! Merci qui ? Merci mon chien ? Merci monsieur Manatane pour ces belles images ! Quand j'ai raconté ça à Kersauzon, il en était vert de jalousie.

Allez, bonsoir !

L'adoption

Un sapin, des guirlandes, des bougies allumées, et une gigantesque crèche peuplée de divers santons : chameau, âne, bœuf, cachalot, girafe…

L'appartement de monsieur Manatane est délicatement décoré pour le réveillon de Noël. En fond musical, on entend Douce Nuit *façon Bontempi, avec un accompagnement automatique et un tempo cha-cha-cha du meilleur goût.*

Voix off

Plus que jamais, en cette veille de Noël, le souvenir de Joseph, le charpentier de Nazareth, nous rappelle le sacrifice de tous les hommes qui ont accepté d'aimer et d'élever un enfant qui n'est pas le leur.

Adopter un enfant : ce geste d'amour et d'abnégation n'est-il pas l'image même de la charité, dans un monde où trop souvent triomphent l'égoïsme et l'indifférence ?

Une main déplace un santon : la tête de monsieur Manatane apparaît dans une petite fenêtre au fond de la crèche.

Monsieur Manatane

Tout à fait, Nicolas : l'égoïsme et l'indifférence… On peut dire que vous venez de mettre le doigt… sur un de mes santons, Balthazar, ce que je ne puis en aucun cas tolérer.

Monsieur Manatane se relève. Il porte un clavier-guitare en bandoulière : il s'arrête de jouer Douce Nuit, *mais le rythme automatique de cha-cha-cha se prolonge.*

Mais vous avez raison. Je suis, moi aussi, comme Youssef le charpentier. Bien que glabre et nullement versé dans la menuiserie, comme lui j'ai dû me résoudre à l'adoption.

Il se débarrasse de son instrument et coupe rageusement la boîte à rythme.

J'arrête avec ça : ça ne joue que de la samba, je me suis fait arnaquer…

En fait, voyez-vous, j'ai un problème avec ma semence. Oh, ce n'est pas une question de quantité, rassurez-vous : il fut un temps où on m'appelait même le Kärcher suisse : non, elle est de bonne composition et fleure bon la châtaigne de France, mais… elle n'adhère pas. Elle patine, si vous voulez… C'est dommage. Écoutez, ne tournons pas autour du pot : j'ai un problème de burnes, voilà tout.

Je m'en suis rendu compte à la naissance de Ludovic… Mon Dieu, croyez-moi, je n'avais pas la tête à la gaudriole. Le diagnostic était sans appel : syndrome de botte. Oui, il avait la tête en forme de godasse… *(Il montre la photo d'un bébé avec une botte à la place de la tête)*

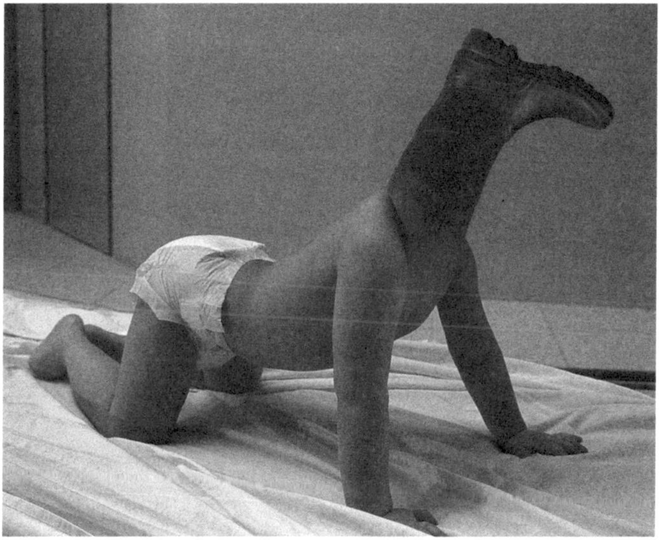

J'ai eu du mal à m'en remettre. Mais la paternité, c'est comme une chute de cheval : il faut remonter dès qu'on est tombé.

Et il y a tant de misère dans le monde, et ma demeure est si vaste ! J'avais tant besoin de donner ! *(Il s'approche d'un énorme cadeau à côté du sapin de*

Noël) Oh, je sais que je le gâte trop, mais là-bas en Albanie, il était si démuni !

Il s'appelle Slobodan…

Vous l'auriez vu quand il est arrivé ! Il n'était pas très épais, vous savez. Il était grossier, querelleur… Une vraie boule de nerfs : il se battait avec le personnel de maison ! Un communiste, au fond…

Il attendait un geste du destin et monsieur Manatane est arrivé avec les belles valeurs de l'Occident chrétien. Oh ! qu'est-ce que c'est que ça ?

Une bande de papier toilette vient rouler à ses pieds. Monsieur Manatane la saisit et enroule le papier tout en traversant l'appartement jusqu'à la porte des toilettes.

Sloubidou, mon Sloubidou ! A fini caca, mon Sloubidou ? Voyez-vous, il en est au stade de ce que mon amie Françoise Dolto appelle le « stade du caca ». C'est-à-dire qu'il défèque, il regarde ses prunes et il constate qu'il en a beaucoup.

Monsieur Manatane ouvre la porte des toilettes : assis sur la cuvette, Slobodan est un gros homme barbu, en casquette et veste d'ouvrier.

Faut arrêter de chier maintenant, mon petit bonheur. Allez, c'est l'heure des cadeaux de Noël ! Je vais te chercher tes pantoufles, mon amour.

Monsieur Manatane entre dans la chambre de Slobodan et s'empare de ses pantoufles, deux petites mules en peluche en forme de pattes de tigre. La chambre est remplie d'outils et matériaux de construction, bonbonnes d'acétylène, pelles, rouleaux de toile de verre… Au sol, un grabat crasseux avec des emballages de beurre un peu partout. Placardées au mur, des photos de femmes nues.

Monsieur Manatane *(chuchotant)*

Ici, c'est sa chambre, son p'tit jardin secret. Regardez : ça, c'est son évier, où il fait sa toilette. Il est comme un coq en pâte, ici.

(Il montre la patère où sont accrochés des lunettes de soudeur, une lampe et un casque de chantier) C'est là qu'il range ses jouets. C'est qu'il a de l'ordre, mon petit bonhomme ! Vous savez, ce qu'il y a de merveilleux pour un père, c'est de voir jouer son enfant. *(Il feuillette une revue porno qui traînait sur le matelas)* Et Slobodan, je dois le dire, il n'arrête pas ! La semaine dernière, il m'a refait toute la charpente. Et dès demain, il attaque le carrelage de la salle de bains. Il a une énergie… C'est incroyable, à cet âge-là !

Voyez là, c'est ses mottes de beurre. Le soir, il fume en mangeant des mottes de beurre. Ah, faut pas que j'oublie ses petites pantoufles… Slobodou !

Slobodan déballe son cadeau, sous l'œil attendri de monsieur Manatane : il s'agit d'une bétonnière électrique qui tourne en couinant.

Slobodan

Oh, merci !

Monsieur Manatane

Allez, après l'heure des cadeaux, c'est l'heure de la musique ! Mange ton beurre, il y en a encore plein !

Ils chantent en chœur une chanson :

Tjën, tjën, tjën, Ingjenbrük.

LA CONCLUSION

Monsieur Manatane *(dans son fauteuil reprend le refrain de la chanson et précise)*

C'est du très vieil albanais. Merveilleuse friandise…

(Sur l'écran apparaît une carte de séjour au nom de Zoltan Neskovic)

Alors, à tous ceux que l'aventure de l'adoption intéresse, je voudrais signaler que Zoltan, le jeune frère de Slobodan, vient d'arriver en France. Et croyez-moi, il n'a pas son pareil en plomberie, installations sanitaires et évacuation des eaux usées, ce qui est rare… Alors à bon entendeur, salut !

C'est aussi ça, l'Europe…

En vous remerciant, bonsoir.

L'enterrement de Tarzan

Musique de requiem. Un corbillard métallisé roule lentement dans la rue d'un village. À l'arrière, une couronne de fleurs, dont l'écriteau « In memoriam » est noué par un ruban en peau de léopard. Sur son passage, une foule éplorée a déployé des banderoles : « Tarzan for ever », « ti amo »... À côté du prêtre, la veuve du défunt ouvre le cortège en tenue de deuil et lunettes noires.

La cérémonie d'enterrement commence.

Voix off

Un grand de ce monde vient de nous quitter tragiquement. Il était le symbole de la simplicité et de la bonté face à la rigueur du protocole. En ce jour de deuil, c'est toute une nation qui est venue lui rendre un dernier hommage.

Monsieur Manatane, vous qui l'avez bien connu, vous assistez en direct à la cérémonie.

Monsieur Manatane, un gros micro à la main, apparaît, à la manière d'un envoyé spécial. Le cercueil passe derrière lui.

Monsieur Manatane, *des sanglots dans la voix*

Tout à fait, Nicolas, et merci bien. Une cérémonie très digne, représentative, je crois, de l'amour et de l'affection que lui portaient les petites gens.

On voit Tarzan en pagne léopard, les yeux clos, qui repose dans le cercueil.
Monsieur Manatane poursuit, pendant que défilent les images de la cérémonie :

En effet, Tarzan, celui que déjà on appelle « le macaque au grand cœur », a tenu à se faire enterrer ici, dans le petit village d'Upigny, village de son enfance, sous la frondaison des châtaigniers séculaires où il aimait à batifoler et sauter de liane en liane avec Jane, sa compagne de toujours. Merveilleux Tarzan… Les gens sont venus nombreux, les calicots sont abondants, que ce soit « Hey hey, Tarzan » ou « Hip hip, Tarzan » ou « We are together with you, Tarzan ». Dans toutes les langues, on ne crie qu'un seul mot : « Adieu, Tarzan ».

On retrouve monsieur Manatane, à côté d'un quidam en larmes, Rémy Belvaux. On entend le barrissement de quelques éléphants.

Monsieur Manatane

Oui, le chagrin, vous vous en doutez, est immense dans le cœur de tous. Dans le cortège qui s'avance à présent vers la dernière demeure du roi de la jungle, on aperçoit, aux côtés de Jane sa compagne, de nombreuses personnalités : Steven Spielberg, les éléphants, Pavarotti, Heinrich Müller, son chanteur préféré, et Sheeta le singe. Et surtout, on y retrouve une foule d'anonymes venus lui rendre un dernier hommage.

Monsieur Manatane se tourne vers Rémy, et pose la main sur sa nuque.

Monsieur, vous aimiez Tarzan ?

Rémy *(en larmes)*

Oui, beaucoup. Mets-toi à ma place, monsieur Las Vegas.

Monsieur Manatane

Vous connaissiez le cri de Tarzan…

Rémy *(sans conviction)*

« Olioliolio-liooo-lioooo »… Et tout ça pourquoi ? Pour du schnaps ?

Monsieur Manatane

Pourquoi, en effet ? Pour du schnaps ?

C'est un peu la question que tout le monde se pose aujourd'hui. C'est malheureusement très probable, au vu des images prises quelques minutes avant le terrible accident.

Sur la voix de monsieur Manatane qui se prolonge, on aperçoit les images des caméras de surveillance d'une grande surface. Tarzan déambule avec son Caddie au rayon alcools et pique une bouteille d'alcool, qu'il enfouit dans son pagne. Il court vers la porte de sortie.

Monsieur Manatane *(off)*

On y voit un Tarzan détendu, qui connaît le magasin. Et pour cause : c'est son magasin, celui où il se rend tous les jours avec Jane… Et tout à coup ce geste, ce geste inconsidéré, ce geste fou qu'on ne s'explique toujours pas. Ce furent les dernières images de Tarzan, l'homme-guenon. Quelques minutes plus tard…

Au milieu de sa dernière phrase, retour à la cérémonie de l'enterrement.

Monsieur Manatane

… il se voyait fauché par un tram qui roulait à vive allure.

Voix off

Mais, Manatane, ne pouvait-on pas prévoir ce drame atroce ?

Monsieur Manatane

Non. Vous savez, la popularité de Tarzan était telle qu'il ne lui était plus permis de vivre une vie normale. Les images parlent d'elles-mêmes...

Apparaissent de nouvelles images d'archives, que commente monsieur Manatane.

Monsieur Manatane *(off)*

Lui dont la popularité était telle qu'il ne lui était plus permis de vivre une vie normale...

(Tarzan sortant au ralenti d'une voiture, serrant la main d'un maire à l'écharpe tricolore)

Lui qui ne rêvait que d'avoir un bambin avec Jane, sa compagne de toujours...

(Tarzan sur un quai de gare avec Jane, portant un bouquet de fleurs)

Lui qui aimait les enfants, tout simplement, a préféré sacrifier son petit bonheur bourgeois à une vie de partage et d'écoute...

(Tarzan visite une salle de classe. On le voit crier au milieu de la classe, avec les mains en porte-voix)

Lui qui pouvait hurler comme un goret que l'on châtre savait aussi prêter l'oreille aux autres… Ces derniers temps, il s'était d'ailleurs tout particulièrement consacré, avec son ami Don Diego de la Vega, aux enfants malentendants.

(Tarzan tient deux enfants dans ses bras. Zorro, une petite fille sur les genoux, joue avec un téléphone en plastique et une boîte de feutres)

Monsieur Manatane

Et pourtant, c'est un Tarzan fatigué et meurtri qui m'accorda, voici un an, une interview-confession exclusive, qui fit le tour du monde. On y apprenait avec consternation ses problèmes de schnaps.

Sur d'autres images d'archives, Tarzan parle en tête à tête avec monsieur Manatane, dans un jardin. Il paraît exténué et triste.

Monsieur Manatane

Est-ce que l'homme-singe est alcoolique ? Combien boit l'homme-singe ?

Tarzan *(déprimé)*

Huit… neuf schnaps avant le déjeuner… L'après-midi, c'est plutôt du Cinzano ou du Picon… Des vins cuits, quoi…

Retour sur monsieur Manatane à la cérémonie d'enterrement.

Eh oui, il picolait raide le babouin.

Voilà, mes amis.

Il est temps à présent de dire un dernier adieu au roi des animaux. Et je vous propose pour cela que nous nous quittions sur quelques notes de cette chanson de Heinrich Müller que Tarzan aimait tant : *Schnaps*, ce fut son dernier mot. *Schnaps, das war das wahre Glück* ou quelque chose comme ça. C'est de l'allemand. Adieu, Tarzan.

LA CONCLUSION

Monsieur Manatane *(dans son fauteuil contemple la fin de la séquence)*

Merveilleuse cérémonie, n'est-ce pas ? Et tellement digne...

Hélas, quelques jours plus tard, Zorro – Don Diego de la Vega – trouvait la mort à son tour. Malheureusement nous n'avons pas d'images, car il nous a fallu choisir : l'actualité a ses raisons que la raison ignore.

En vous remerciant, bonsoir.

TBA

Sur fond de musique militaire (tambour et fifre), une Jeep roule à travers la campagne. À son bord, un soldat conduit monsieur Manatane jusque dans la cour d'un grand bâtiment en brique gardé par deux militaires. À l'entrée se trouve un panneau : TBA – Terrible Base d'Antrainement.

Voix off

Quelque part dans la France profonde, à l'abri des regards indiscrets, une belle vieille caserne secrète forme depuis vingt ans de véritables troupes d'élite. La TBA, Terrible Base d'Antrainement, sélectionne ses recrues parmi les exclus de la société, et les soumet à une formation martiale impitoyable.

Précédé d'un vigile, monsieur Manatane entre dans une grande salle carrelée en damier. Il porte l'uniforme de l'instructeur de Full Metal Jacket *avec son chapeau à large bord, et tambourine sur un seau.*

Monsieur Manatane *(hurlant)*

Debout, tas de punaises !!! Montrez-moi que vous en avez une paire ! Sinon, je vais vous faire roter du sang, bande de lopettes ! Vous allez me faire du parcours à en crever la gueule ouverte ! à en téter du petit-lait par le fion ! Est-ce que c'est clair ?!!

Les hommes, *tous en chœur*

Chef, oui, Chef !

Voix off

D'où viennent-ils, ces mystérieux soldats de l'ombre ?

Monsieur Manatane déambule dans la salle, les bras ballants, tout en répondant à la question. Une vingtaine de vieillards s'approchent et se mettent en place, chacun devant son lit de camp, au garde-à-vous.

Monsieur Manatane

D'où ils viennent, Nicolas ? Je vais les chercher dans les maisons de retraite, tout simplement. Ce sont, pour la plupart, de pauvres vieilles gens, des malheureux que la société abandonne et que les familles délaissent comme de vieilles chaussures. Eh bien moi, les vieilles godasses, je les racommode et j'y mets des bouts de métal pour botter le cul de tous ces salopards de communistes !

Monsieur Manatane *(à la troupe de vieillards)*

Je suis le sergent-instructeur Manatane !

La troupe

Chef, oui, Chef !

Monsieur Manatane

Mon cul ! Je n'entends rien ! Est-ce que c'est clair ?!

La troupe *(plus fort)*

Chef, oui, Chef !!!

Monsieur Manatane

Si vous survivez à mon instruction, vous deviendrez une arme ! Un prêtre de la mort, implorant la guerre ! En attendant, vous n'êtes rien ! Du branleman végétatif ! De la merde ! De la chiasse ! Du vomi ! Est-ce que c'est clair ?!

La troupe

Chef, oui, Chef !!!

Monsieur Manatane *(à la caméra, souriant)*

Ils me haïssent. Je suis une peau de vache. Je suis dur, mais je suis réglo. C'est ça l'armée : je leur offre une nouvelle chance de réussir dans la vie, en servant leur patrie.

Tandis que tout le monde se met en route, monsieur Manatane entame un chant de guerre que la troupe reprend en chœur.

Monsieur Manatane

La société m'a largué !

La troupe

La société m'a largué !

Monsieur Manatane

Mais Manatane m'a sauvé !

La troupe

Mais Manatane m'a sauvé !

La compagnie court à petites foulées dans le couloir, tout en chantant. Ils se dirigent vers la salle commune.

Monsieur Manatane

On ne joue plus au tiercé !

La troupe

On ne joue plus au tiercé !

Monsieur Manatane

On est dressés pour tuer !

La troupe

On est dressés pour tuer !

Monsieur Manatane

Mon honneur et ma fierté !

La troupe

Mon honneur et ma fierté !

Monsieur Manatane

C'est ma très belle unité !

La troupe

C'est ma très belle unité !

Monsieur Manatane

Mon honneur !

La troupe

Mon honneur !

Monsieur Manatane

Ma fierté !

La troupe

Ma fierté !

Monsieur Manatane fait son entrée dans la salle commune. Les vieux, portant tous un brassard orange, y vaquent à leurs occupations quotidiennes : bridge, crochet, lecture...
Monsieur Manatane pousse une vieille dans un fauteuil roulant. Il la conduit à une table où trois mamies sont déjà assises.

Monsieur Manatane *(en aparté)*

Vous vous doutez bien que les hommes du TBA deviennent très vite la crème des services secrets : à leur âge, ils passent inaperçus à tous les niveaux de l'État. Qui se méfierait d'une pauvre mamie avec une canne ? *(Il déploie une canne-épée)* Merci, Gisèle.

Monsieur Manatane *(s'adressant à tous)*

Messieurs, j'ai pour consigne de balancer toutes les couilles de loup qui n'ont pas la pointure pour servir ma chère unité ! Ici au TBA, vous êtes la crème de l'espionnage ! Vous êtes une troupe d'élite, une troupe de choc en mission secrète ! Vous devez apprendre à devenir transparents, à vous fondre dans la masse ! « Observer, écouter, raconter ! » Telle est votre mission ! Est-ce que c'est clair ? !

Tous

Chef, oui, Chef !!!

Il s'approche de quelques dames qui crochettent. Il en prend une à partie.

Le bataillon des crocheteuses, vous êtes les oreilles de l'État ! Toi, comment tu t'appelles ?

La vieille dame se lève

Chef, Simone, Chef !

Monsieur Manatane

Mon cul ! À partir de maintenant, tu t'appelles « engagée feignasse » ! Va me chercher ton tricot, engagée feignasse !

Ici, vous n'êtes tous que des vrais connards !

Monsieur Manatane s'est approché d'une table, où quelques vieux jouent aux cartes.
Il s'adresse à l'un d'eux :

Et toi, qu'est-ce que tu fous ?

Le vieux

Chef, je joue au bridge, Chef !

Monsieur Manatane

Et pourquoi tu es dans ma chère unité, joueur de bridge ?

Le vieux

Chef, pour espionner, Chef !

Monsieur Manatane

Tu serais pas en train de te foutre de ma gueule, joueur de bridge ? Fais-moi voir ta gueule de joueur de bridge !

Le vieux

Chef ?

Monsieur Manatane

T'as qu'une saloperie de gueule d'espion ! *(Il rugit)* Râââàh !!!

Ça, c'est de la gueule de joueur de bridge !

Fais-moi voir ta gueule de joueur de bridge !

Le vieux *(rugissant faiblement)*

Râââàh...

Monsieur Manatane

Ça me fait pas peur ! Sors de ta connerie et travaille-moi ça, joueur de bridge ! Sinon, je te dévisse la tête et je te chie dans le cou !!!

Le vieux

Chef, oui, Chef !

Monsieur Manatane, *à tous*

Écoutez-moi bien ! Faudra voir à jamais me chier dans les bottes, bande de sacs à foutre ! Est-ce que c'est clair ? !

Tous

Chef, oui, Chef !!!

Monsieur Manatane

Allez, à demain.

Monsieur Manatane quitte la pièce.

Au petit matin, devant la grille, monsieur Manatane salue une vieille dame avec un chignon. C'est la crocheteuse de tout à l'heure, qui a terminé sa formation. Il lui remet une grande enveloppe cachetée sur laquelle on peut lire « Mition secrète ».

Monsieur Manatane

Tu as ton vieux linge ?

La vieille dame

Oui… *(Elle montre son sac)*

Monsieur Manatane

Je suis fier de toi, mon petit.

Voici ta mition secrète. Ton nouveau nom de code est Robert

La vieille dame

Robert…

Monsieur Manatane

Allez, va. Et *(il lui touche le ventre)* prends soin de cet enfant.

La vieille dame

Je n'y manquerai pas.

Monsieur Manatane *(en aparté)*

Car c'est un peu le mien…

On voit la vieille qui s'éloigne sur la route avec sa valise.

LA CONCLUSION

Monsieur Manatane *(dans son fauteuil contemple la fin de la séquence)*

Merveilleuse Base d'Antrainement… Vous l'aurez bien sûr reconnue : il s'agissait de Simone Veil. Deux mois plus tard, elle se faisait engager comme cuisinière chez Mobutu.

Oui, mes hommes sont partout, et vous les croisez tous les jours. Souvenez-vous, en 81, le petit, là, avec son chapeau et son écharpe rouge, celui qui écoutait aux portes… *(Il cligne de l'œil)* Est-ce que c'est clair ?

En vous remerciant, bonsoir.

L'exorciste

C'est la nuit. Une R5 roule dans les rues d'une grande ville. On entend vaguement au loin une sorte de plainte douloureuse.

Voix off

Dans la ville endormie, un quidam appelle à l'aide. Laissé seul avec sa souffrance, il pleure. Mais ses plaintes ricochent sur le mur de l'indifférence urbaine.

Dieu merci, il est des hommes qui, n'écoutant que leur cœur, se hâtent de secourir les âmes en peine, malgré l'heure tardive.

La R5 s'est garée devant une maison et un homme en sort. Il est coiffé d'un chapeau noir et porte une valisette à la main. Sur le flanc de la voiture, on peut lire l'inscription : « Exorciste de garde ».

Voix off

Pourquoi ces spécialistes acceptent-ils de prendre ainsi sur leur temps de sommeil ? Et à quel prix ?

Monsieur Manatane

Normalement, c'est huit cents francs, Nicolas. Mais en service de garde, je prends facilement deux briques. Mais ne vous inquiétez pas : mes clients ont les moyens. Je travaille essentiellement avec les gens du show-biz. Vous seriez surpris du nombre de vedettes qui sont possédées par le démon !

Monsieur Manatane sonne à la porte d'une grosse maison bourgeoise. Sur une plaque en laiton, on peut lire : « Jacques Martin. Présentateur du dimanche ».

Monsieur Manatane

C'est normal, ces gens-là sont constamment exhibés sur la place publique. Ils sont fragilisés, vous comprenez : alors, monsieur Belzébuth en profite pour faire son petit commerce… et définir les parts du marché.

La porte s'ouvre.

Monsieur Manatane

Bonsoir, vieille femme. Je suis le père Manatane.

La femme qui a ouvert porte un casque antibruit. Tandis que monsieur Manatane se débarrasse dans le hall, résonne soudain, très fort, la voix dénaturée de Jacques Martin : « Bon dimanche, sous vos applaudissements ! » Regards terrifiés en direction de l'escalier.

Monsieur Manatane

Mon Dieu, c'est épouvantable ! Ça dure depuis longtemps ?

Il soulève le casque antibruit et répète la question.

La femme

Ça va faire vingt ans…

En fond sonore, on continue d'entendre des extraits d'émissions de Jacques Martin.

Monsieur Manatane

Et il vous a parlé de ses projets ?

La femme *(opinant tristement du chef)*

La chose veut écrire un livre de cuisine…

Monsieur Manatane

Seigneur ! J'espère qu'il n'est pas trop tard…

Monsieur Manatane grimpe l'escalier, suivi par la femme.

Monsieur Manatane *(en aparté)*

Vous voyez, c'est terrible… Je reviens de chez Charles Aznavour. Les symptômes sont toujours les mêmes : troubles de la personnalité, démagogie galopante, surévaluation de l'ego, qui se manifestent la plupart du temps par une furieuse envie d'écrire un livre, une biographie ou de sortir un alboum.

Ils sont arrivés devant la porte de la chambre. On continue d'entendre Jacques qui présente un jeu télévisé tout en souffrant comme un damné…

Monsieur Manatane *(à la femme)*

Laissez-moi seul avec monsieur Martin. Cela risque d'être au-dessus de vos forces.

Un horrible et long gargouillis retentit devant la porte.

La femme

Mon Dieu, ce sont les orgues de l'Enfer qu'on entend !

Monsieur Manatane

Non, merveilleuse païenne : ça c'est mon estomac. J'ai un peu la dalle, alors je fais des bulles. Vous seriez gentille d'ailleurs de me faire préparer un bon kilo de nouilles en attendant.

Monsieur Manatane entre seul dans la chambre.

Papier peint, fenêtres condamnées. Le gros Jacques Martin gît, pieds et bras sanglés aux montants du lit, en costume trois-pièces bleu marine. Son visage est méconnaissable sous les pustules. Il tire la langue et il a les yeux blancs d'un damné.

Monsieur Manatane

Mon Dieu, c'est énorme ! Il y a bien trois démons, là-dedans.

Monsieur Manatane s'assied sur une chaise qui se dirige toute seule sous ses fesses.

Monsieur Manatane *(à Jacques Martin)*

Bonsoir. Je suis le père Abraham Manatane. Et toi, qui es dans le ventre de mon ami Jacques Martin, qui es-tu ?

Parle, Jacques…

Jacques Martin lui fait signe d'approcher et, quand monsieur Manatane est tout près, lui vomit dessus.

Jacques Martin *(d'une voix d'outre-tombe)*

Je suis le roi des culs pourris et je te chie sur la gueule ! En direct du théâtre de l'Empire, sous vos applaudissements.

Monsieur Manatane, *tête et chasuble pleines de vomi, à la caméra*

Ne vous laissez pas impressionner par la verdeur du langage ou la distorsion des traits de son visage. Il est ignoble, mais ça pourrait n'être qu'une simple dysenterie, voire une petite dépression…

(À Jacques Martin) Si tu es vraiment Satan comme tu le prétends, prouve-le !

Jacques Martin se met à chanter Comme d'habitude.

Monsieur Manatane

Un peu faible, Moloch… Tu m'as habitué à mieux.

Jacques Martin

Manatane, tu es une vieille pédale et tu suces des queues de marins au Purgatoire !

Monsieur Manatane

Ha, ha, tu es mal renseigné, Belzébuth ! Je n'y vais plus depuis deux mois.

(À la caméra) Le Purgatoire, c'est une boîte homo dans le treizième. Mais c'est fermé en hiver…

Jacques Martin

Sous un tonnerre d'applaudissements, en direct du théâtre de l'Empire, avenue de Wagram ! Vous venez de gagner un voyage en Guadeloupe !

Monsieur Manatane *(criant)*

Baal ! Lucifer ! Sors donc de la panse à Jacques ! Jacques, il va falloir déboutonner ton gilet…

Il monte à califourchon sur Jacques Martin en vociférant et éclate d'un rire dément.

La femme arrive en haut de l'escalier avec le plat de nouilles fumant. Exténué, monsieur Manatane ressort de la chambre dans un silence pesant.

La femme

Monsieur Manatane ! Vos nouilles…

Monsieur Manatane relève la tête : il a les yeux rouges d'un démon.
D'une voix d'outre-tombe, il dit :

Tu sais où tu peux te les carrer, tes nouilles, vieille bique ? et vomit dessus en ricanant.

LA CONCLUSION

Monsieur Manatane *(dans son fauteuil contemple la fin de la séquence, très satisfait et mielleux comme un animateur télé)*

Terrible nuit, n'est-ce pas ?

À tous ceux qui aiment mon émission, et c'est aussi votre émission, je conseille d'acheter le merveilleux magazine qui m'est consacré. *(On le voit en couverture de* Télé 7 jours*)*

Je leur ai ouvert en grand les portes de mon domaine viticole. Vous pourrez m'y voir prendre le petit déjeuner au lit avec mon épouse Liliane, qui est aussi votre épouse.

Et vous verrez : en page 32, j'ai ma photo dans les mots fléchés géants, à côté de mes amis pétés de thunes…

Ah, certains de vous auront constaté que je ne porte plus de chaussettes… *(il enlève sa chaussure)* C'est parce qu'il m'arrive de suer des pieds et cela forme des croûtes, là, entre les doigts de pied. Alors, pour éviter ça, je ne mets plus de chaussettes, c'est un conseil que je tiens de Guillaume Durand. Merci, Guillaume.

En vous remerciant, bonsoir.

Paris-World-Quart

Un 4 × 4 jaune canari, suréquipé et couvert d'autocollants, s'engage à toute vibure dans un petit sentier caillouteux de campagne. Il dérape vivement, provoquant des nuages de poussière, et s'engage dans une petite route qui le mène à une sinistre banlieue industrielle.

Voix off

Dans un monde où l'argent règne en maître, les chemins de l'aventure sont désormais balisés par les cartes de crédit. Cette année encore, le Paris-World-Quart a pris d'assaut les routes désolées de l'exotisme préfabriqué.

La voiture s'est arrêtée en dérapant devant une pauvre maison de banlieue. Côté passager, monsieur Manatane descend de la voiture. Il est vêtu de pied en cap d'une combinaison en cuir bleu-jaune-rouge aux épaules rembourrées. Sur la tête, un casque avec micro incorporé et des lunettes noires.

Voix off

Mais, au nom de Dieu, qu'avez-vous donc dans le cœur, messieurs les sportifs de salon ?

Monsieur Manatane

Ce qu'on a dans le cœur, Nicolas ? Un V8 de cinq-litres-deux, 40 soupapes, moteur turbo-compressé de chez Mercedes, 8 cylindres en étoile ! Il y a vraiment des jours où je me demande si vous n'êtes pas un peu syndiqué.

(Au chauffeur, resté dans la voiture) Harry ? Fais tourner le moulin !

(Quelques gamins s'approchent admirativement de la voiture) Hé là ! Touchez pas à la bagnole !

Devant la porte de la maison, deux enfants traînent, l'un en capuche, l'autre avec une casquette à l'envers.

Monsieur Manatane

Bonjour, les enfants. Je suis monsieur Manatane, du Paris-World-Quart. Y a bien une petite tasse de café pour les champions, hein ? *(Il toque à la porte qui s'ouvre toute seule. Il entre)* Hé ho, c'est le Paris-World-Quart !

Monsieur Manatane s'engage dans le couloir d'entrée de la maison, à la tapisserie fleurie.

Non, parce que le désert africain, pfff : ras la casquette, hein ! Toujours plein de sable dans les godasses, de la bouffe indigeste, merci bien !

Avec le Paris-Quart-Monde, c'est tellement différent ! Vous avez le côté dépaysant, mais en même temps, t'es à deux heures de Paris. C'est tout bonus ! *(Avisant derrière lui la reproduction d'un portrait d'une enfant en larmes)* Il est beau ce cadre…

Il entre dans la salle à manger. Un père de famille avec une casquette lit le journal dans son fauteuil. Un enfant, dont les lunettes tiennent avec un pansement, dessine à l'aquarelle sur la table.

Monsieur Manatane

Et puis surtout, ces gens ont une pauvreté… Comment dirais-je ?… Ils ont une *belle* pauvreté… Une pauvreté digne, au fond. Une pauvreté de chez nous.

(Au père) Hé, à combien tu me le fais, le cadre avec la gamine qui pleure ?

(Il sort une liasse de billets, qu'il réempoche aussitôt)

Parce que c'est ça qu'il faut voir aussi, c'est ce qu'on fait pour eux ! Tenez, pas plus tard qu'hier, j'ai aidé à remplir deux formulaires d'allocations familiales. Et ça, merci qui ? Merci, mon chien ? Non : merci monsieur Manatane !

Mais ça, la presse n'en parle pas, évidemment. On préfère se faire des choux gras avec les histoires d'accidents et tout le bazar.

Monsieur Manatane se vautre sur un fauteuil, écrasant au passage un chat qui miaule. En mettant ses pieds sur la table, il renverse le pot d'aquarelle de l'enfant sur son beau dessin de voiture de rallye.

Monsieur Manatane

Bon… C'est vrai, des accidents y en a, faut pas le nier. Mais quand on roule à des 180 à l'heure en pleine agglomération, c'est inévitable. Merde, quoi ! On ne fait pas d'omelette sans casser des œufs ! Cela étant dit, quand ils reçoivent le chèque de l'assurance, ils sont les premiers à le claquer dans une GTI ! Ha, ha, ha !

Une gamine vient timidement lui offrir une boîte.

La gamine

Monsieur… C'est pour toi manger sur la route.

Monsieur Manatane

Ooh ! Qu'elle est mignonne ! Qu'est-ce que c'est ? Ooh, des tartines aux choux rouges ! Mais on ne dit pas « C'est pour toi manger ». On dit : « C'est pour vous manger ». C'est pas grave, tu sais… Tu auras quand même une jolie récompense parce que, tu sais, j'ai de merveilleux porte-clés avec des têtes de taureau dans la voiture.

(À la caméra) Voyez comme ils sont hospitaliers ! On butine d'émotion en émotion. Ils ont le cœur sur la main. Le peu qu'ils possèdent, ils vous le donnent.

Attention : ils ne sont pas tous comme ça ! Il y en a qui nous jettent des cailloux sur la voiture. Évidemment, ceux-là, ils n'ont pas intérêt à ce qu'on s'arrête…

Une bouilloire siffle.

Monsieur Manatane, *très inspiré*

Vous entendez ? *Home sweet home !* C'est merveilleux… On ne connaît plus ces sons-là. Vous savez ce que c'est ? Ça… c'est la mélodie du temps qui passe. Parce que, voyez-vous, ces gens-là savent encore prendre le temps d'apprécier le temps. Oui.

Et vous savez pourquoi ? Vous savez pourquoi ? Parce qu'ils sont au chômage, tout simplement.

Alors nous, quand on rentre sur Paris, vous comprenez bien, ça nous gonfle à bloc !

Le pilote vient d'entrer et lance un quart de champagne à Manatane. Tous deux partent d'un grand rire de compagnons. Ils se donnent de grandes bourrades viriles. En riant, les deux compères se poursuivent à travers la pièce et s'aspergent de champagne.

Manatane *(à son pilote)*

Ha, ha, ha, ha ! Harry ! You fucking bastard !

(À la caméra) Harry c'est mon pilote. Il est suédois. Il est con, mais c'est le meilleur. C'est une vraie tête brûlée, il me coûte une fortune… Mais bon, je l'adore !

(Enlaçant Harry) Bah, c'est un caprice… Si on peut plus déconner, merde alors !

Le bruit d'une moto de cross passant à toute allure avec une sonnerie de klaxon à l'italienne tire les deux lurons de leur euphorie.

Monsieur Manatane

Harry ! Les Italiens !!! On s'arrache de ce taudis ! À fond les manettes ! On calte ! Ha, ha, ha, ha !

Ils se précipitent dehors en renversant tout sur leur passage, sautent dans leur 4 × 4 qui démarre en trombe.

La poussière du démarrage se dissipe. Les deux enfants restés sur le trottoir avec la boîte à tartines et l'aquarelle tachée regardent s'éloigner le bolide.

LA CONCLUSION

Monsieur Manatane *(dans son fauteuil contemple la fin de la séquence)*

Quelle jolie famille, n'est-ce pas ?

À ceux qui s'intéressent aux sports de l'extrême, et qui n'ont pas peur de se mettre en danger, je signale que l'année prochaine, on organise avec quelques copains une compétition de montgolfières au Bangladesh. Attention : sous réserve de conditions météo favorables !

C'est tellement plus joli, les bidonvilles, quand il y a du soleil…

En vous remerciant, bonsoir.

Jamais,
au grand jamais !

"PEUT-ON DIRE "JAMAIS!"?"
JAMAIS!
C'EST UNE QUESTION DE PRINCIPE

Comprendre la jeunesse

Mes enfants, bonsoir…

Ce soir, vous êtes invité avec madame à une surprise-party organisée pour l'anniversaire de la petite Carole Vaulisson, la fille du docteur Vaulisson, *le* docteur Vaulisson. Pour l'occasion, choisissez donc une veste de tweed, quelque chose d'un peu *young* mais qui reste *smart* (un Cardin ou un de Fursac feront amplement l'affaire : évitez d'avoir l'air d'un yé-yé).

À mesure qu'avance la petite sauterie et que s'épuisent les Mon Chéri, vous remarquez que la petite Vaulisson vous fait de copieuses avances, et ce malgré la présence de madame votre épouse. Mais la chair est faible et, avouez-le, ce témoignage d'affection charnelle ne vous laisse pas indifférent. Bref, la gamine est chaude comme une baraque à frites et t'es bien disposé à lui balancer la purée.

C'est bien légitime.

Au beau milieu d'un twist assourdissant, vous lui glissez à l'oreille ces précieux mots d'amour qui touchent la jeunesse sans l'effaroucher : « J'ai envie de te bouffer la cramouille, Carole ! » À ce moment précis, la musique s'est hélas interrompue et la salle entière résonne encore de ces quelques mots : « ta cramouille, Carole ! ». Avouez que la situation est extrêmement embarrassante…

Alors, que faire ?

Il ne faut jamais – au grand jamais ! – chercher à marmonner quelque excuse à l'oreille de la gueuse ou de son père. Non : tout murmure constituerait un aveu immédiat.

Non. Il faut hurler de plus belle, continuer à danser et, tel un rappeur du Bronx, égréner une suite de grossièretés ineptes qui feront parfaitement illusion : « Ta cramouille, Carole / ta cramolle, carouille / molle moye ouille / mo mo mooo ! / pourquoi tu me parles comme ça ? / je marche dans la rue et je te connais pas ! / mais moi ce que je sais ce que j'attends de toi / c'est le respect, le respect que tu me dois… » Et mettez-y de l'entrain, que diable ! Vous jouez votre réputation.

On appréciera votre jeunesse d'esprit et il y a fort à parier que dans le prochain karaoké, vous serez sollicité pour toutes les chansons de monsieur Aufray. Et pour la petite Carole, ce n'est que partie remise.

En vous remerciant. À demain.

Élevons nos enfants

Mes enfants, bonsoir…

Aujourd'hui, c'est la soirée « chaussures » chez Philippe Noiret : Philippe nous fait découvrir ses derniers modèles d'escarpins en bois. Hélas, vous souffrez d'un épouvantable panaris à la douille gauche, et vous êtes dans l'impossibilité de vous y rendre. Nonobstant ce handicap, Jean-Jacques a sauté sur l'occasion pour vous confier la garde de son jeune héritier. Bref, pendant que les potes vident le bar du gros Noiret, tu te coltines le morveux pour la soirée.

La vie ne fait pas de cadeaux.

Alors que vous vous attendiez à passer cette soirée dans le calme de votre bibliothèque, voilà que l'enfant n'a de cesse de vouloir vous faire partager sa passion pour ses illustrés nippons, des « mangas » comme il dit (sorte de petits Mickeys à la sauce citron bourrés de karatékas et autres *kung-fu man*). Voilà qui est fort déplaisant, merci d'en convenir.

Alors, que faire ?

Il ne faut jamais – au grand jamais ! – répliquer en lui présentant à votre tour votre fabuleuse réserve de reliures précieuses du XVIIIe siècle. De tels trésors de littérature sont inaccessibles à l'esprit étroit du fils de Jean-Jacques.

Non. Il faut, avec la désinvolture de l'homme moderne, lui mettre sous le nez votre collection de magazines sexuels abondamment illustrés.

Vous éveillerez chez l'enfant un intérêt nouveau pour ces paysages dont il ne soupçonnait pas l'existence. Croyez-moi : je vous garantis une nuit calme suivie d'une bien grasse matinée. Et il y a fort à parier que Jean-Jacques renonce à vous confier la garde de sa petite dernière.

En vous saluant. À demain.

Nous recevons un homme d'église

Mes enfants, bonsoir…

Il est bon de compter dans ses relations un homme d'église : qu'il s'agisse d'un prêtre, d'un archiprêtre, d'un évêque, à la rigueur d'un abbé. Il est vrai que souvent, la foi fait défaut aux hommes de piètre condition. C'est pourquoi votre épouse a cru bon d'inviter en ce dimanche son cousin Hubert, épouvantable moine trappiste de l'abbaye de Maredsous.

C'est dans l'ordre des choses.

Après déjeuner, vous décidez de passer au salon pour déterminer le montant de l'offrande que vous consentez annuellement aux œuvres du moine. Mais au moment de s'asseoir, le maladroit, peu habitué au confort des fauteuils modernes, adopte à son insu une position incongrue et découvre aux yeux de tous un vigoureux appareil reproducteur, rôsatre et hors d'usage. Bref, tandis que tu causes foi chrétienne et charité, on voit la bite et les couilles du moine. Saisissez le grotesque de la situation…

Alors, que faire ?

Il ne faut jamais – au grand jamais ! – feindre l'indifférence et laisser repartir le malheureux sans l'avoir mis en garde. Imaginez-vous : il pourrait heurter des esprits moins modernes que le vôtre !

Non. Il faut, avec l'aplomb et l'honnêteté qui seyent à votre rang, prendre votre épouse à témoin et déclarer : « À la bonne heure ! Regarde, chérie : on voit les burnes d'Hubert ! » Mettez-y de la désinvolture et de la décontraction pour ne pas heurter l'homme de prière.

Croyez-moi : c'est un service que vous lui rendez, il vous en sera éternellement reconnaissant et, dans l'avenir, il pensera à se munir d'un slip pour dîner en ville.

En vous remerciant. À demain.

Je pilote mon auto

Mes enfants, bonsoir…

Ah ! L'incorrigible enfant gâté… Vous l'avez acheté, n'est-ce pas ? L'objet de vos rêves ! Le véhicule de l'an 2000, la voiture de « monsieur Puissance » ! La mécanique au service de l'homme moderne. Et vous avez décidé d'en apprécier les performances réelles par une petite balade dominicale sur l'autoroute du Nord. Bref, ça va chier dans le carbu.

C'est bien légitime.

Mais au péage de Briançon, deux agents de la force publique vous invitent à marquer un temps d'arrêt. Ils prétendent, dans leur jargon très approximatif, vous avoir photographié à la vitesse de 163 km/h et paraissent en vouloir à votre patrimoine. Voilà qui est fort désobligeant, convenez-en.

Alors, que faire ?

Il ne faut jamais – au grand jamais ! – vous confondre en excuses en invoquant une quelconque distraction : même sobre, le gendarme n'est pas homme à s'émouvoir.

Non. Vous devez, avec l'assurance du pilote chevronné, vous gausser devant tant de naïveté : « Que me contez-vous là, l'agent ? Vous m'insultez ! Sachez que je ne descends que rarement sous la barre des 180 à l'heure ! Un V8, vous voyez ce que c'est ? » Ponctuez éventuellement votre phrase d'un concert de klaxon ou de quelques vrombissants coups d'accélérateur.

Vous passerez instantanément pour ce qu'on appelle, en langage automobile, un « as du volant ». Il y a fort à parier que le contractuel, piqué au vif, vous mette au défi et vous propose sur-le-champ une petite course. Et là, petit conseil d'ami, consentez à brider les chevaux-vapeur : il est toujours utile d'avoir quelques amis dans la maréchaussée.

En vous saluant. À demain.

Je soigne ma digestion

Mes enfants, bonsoir…

Au cours d'un dîner organisé en votre demeure, vous avez convié les notables de la ville afin d'obtenir l'appui qui fait tant défaut à votre carrière politique. À la fin du repas, profitant du relâchement de l'attention de vos convives, vous vous éclipsez discrètement pour soulager vos intestins endoloris. Bref, lâcher une caisse discrètos près du guéridon de l'entrée.

C'est bien légitime.

À votre grand étonnement, alors que vous vous attendiez à n'expulser qu'une légère vesse bien innocente, vous évacuez à la surprise de tous une tonitruante bombarde suivie d'un zeste de matière fécale ! Ce qu'on appelle un « prout au jus ». Vous conviendrez que la situation est extrêmement embarrassante…

Alors, que faire ?

Il ne faut jamais – au grand jamais !– chercher à vous excuser. Cela serait pathétique et vous passeriez pour un fieffé dégueulasse, incapable de maîtriser les fluctuations de ses organes.

Non. Il faut dire, avec l'aplomb qui caractérise l'homme d'honneur : « Je l'ai fait exprès : j'adore. Je fais toujours ça quand je suis avec des amis. » Et, dans la foulée, vous leur rebalancez un chapelet en y mettant la sauce !

Vous passerez pour un être d'exception, un compagnon pour qui l'amitié n'est pas un vain mot. Il y a fort à parier que, dans les semaines qui suivent, votre nomination devienne réalité.

En vous remerciant. À demain.

Je dîne aux chandelles

Mes enfants, bonsoir…

Vous êtes enfin parvenu à inviter en votre logis la créature aux formes généreuses que vous poursuiviez de vos assiduités depuis bientôt trois mois. Il est vrai qu'au début, elle regimbait quelque peu, la charmante enfant, mais votre ténacité a eu raison de sa pudeur d'oisillon qui s'éveille à la vie. Bref, t'avais envie de te faire la grosse de la compta.

C'est bien légitime.

Après lui avoir servi quelques coupes de Gewürztraminer, et alors que vous lui présentez un copieux plateau de chipitos au fromage, voilà que vous constatez avec horreur que vous avez laissé traîner par mégarde, sur le bord du plateau, un vieux slip blanc mais visiblement fort sale. Vous conviendrez que la situation est extrêmement embarrassante…

Alors, que faire ?

Il ne faut jamais – au grand jamais ! – chercher à le dissimuler. La pauvre enfant remarquerait votre manège et vous passeriez pour un fieffé saligaud, irrespectueux des us et coutumes des bien nantis.

Non. Vous devez, avec la conviction qui caractérise les hommes de belle trempe, vous écrier en riant : « Ha, ha, ha, oui ! C'est à Bob… à Robert ! Robert de Niro : vous savez, le saltimbanque. Il l'a oublié ici hier soir. Mon Dieu, quel étourdi. Un jour, il oubliera sa tête ! »

Ce qui n'était alors pour votre invitée qu'un ignoble chiffon merdeux se transformera à ses yeux en une relique inestimable et qu'elle voudra absolument toucher. Du même coup, vous passerez pour un homme au carnet d'adresses bien garni, ce qui ne laisse aucune femme indifférente. Alors, bonne bourre.

En vous saluant. À demain.

Découvrons la nature

Mes enfants, bonsoir…

Le stress et la précipitation sont les ennemis de l'homme moderne. Vous savez qu'il est important de partager quelques instants de détente et vous avez donc décidé que ce dimanche ensoleillé vous invitait à une promenade au bois. Tant qu'à faire, vous avez emmené madame votre épouse, histoire d'enrayer ses crises de rétention d'eau.

C'est bien légitime.

À votre grand dam, alors que vous vous engagiez en amoureux dans une allée ombragée, une voix de fausset vous hèle par votre prénom. Vous reconnaissez alors Marcel, alias Dolorès, ignoble inverti que vous aviez par charité chrétienne invité naguère en votre logis, un soir de grande lassitude.

Voilà qui est extrêmement compromettant, ne le niez pas.

Alors, que faire ?

Il ne faut jamais – au grand jamais ! – chercher à faire croire au malentendu. Vous passeriez aux yeux de la mère de vos enfants pour un fieffé Mister Hide de bazar, une vraie dégueulasserie.

Non. Il faut rouler une galoche à votre épouse en lui pressant la motte et répondre : « Va te faire mettre, Dolorès ! Tu vois pas que je suis avec Robert ? »

Votre épouse ne doutera pas qu'il s'agisse d'une plaisanterie entre camarades de bureau et Dolorès comprendra qu'il n'est plus seul sur le marché. Et il y a fort à parier qu'il revoie ses tarifs à la baisse.

En vous remerciant. À demain.

Je protège mon logis

Mes enfants, bonsoir…

Après trois cambriolages en six mois, vous avez décidé que c'en était trop. Vous vous êtes donc équipé, à prix d'or, du dernier cri en matière de protection rapprochée : le système delta 2000, qui met sous haute tension tous les accès de la villa. Bref, à la moindre tentative, le type se prend la giga-dose : 40 000 volts dans le cul !

C'est bien légitime.

À votre grand étonnement et malgré toutes ces précautions, par une chaude nuit d'été, vous surprenez le récidiviste dans la bibliothèque. Il a déjà souillé votre bergère Louis XVI : sans doute un homme du voyage. Voilà qui est fort désobligeant, ne le niez pas.

Alors, que faire ?

Il ne faut jamais – au grand jamais ! – appeler la police. Vous gâcheriez une précieuse soirée en tergiversations stériles avec des gens incultes.

Non. En de telles circonstances, il vaut mieux appeler le Samu. Cela vous laissera largement le temps de faire parler la poudre. L'occasion est trop belle d'étrenner enfin le fusil à pompe que Jean-Jacques vous offrit voici trois ans. Visez l'oreille. Vous serez étonné de constater à quel point ces petits cartilages se mettent à saigner lorsqu'ils volent en éclats.

Vous passerez aux yeux de tous pour le héros du jour, celui à qui on ne la fait pas. Et il y a fort à parier que le romanichel se mette à peindre des tournesols.

En vous saluant. À demain.

Aimons l'art

Mes enfants, bonsoir…

En société, la femme est souvent le parent pauvre de l'homme. Ses devoirs de ménagère ne lui donnent que rarement l'occasion de s'élever à la hauteur de son époux dès qu'il s'agit de manier quelques concepts complexes de la vie moderne. Vous avez donc décidé d'inscrire madame à un cours d'initiation à la culture contemporaine.

C'est bien légitime.

Ce soir, vous êtes invités au vernissage de Clara Lichtenberg, l'éminent professeur de votre épouse : femme d'une laideur peu commune, elle n'en demeure pas moins une artiste très cotée et un mentor redoutable. Bref, t'as intérêt à boucler ta grande gueule si tu veux que ta femme cartonne en fin d'année.

Mais voilà : pendant l'apéritif, et alors que vous vous teniez à distance pour laisser ces dames pérorer entre elles, votre excellent cigare cubain enflamme le dernier module de l'artiste, une sorte de sculpture en crin de poney. Voilà qui est fort embarrassant, inutile de tourner autour du pot.

Alors, que faire ?

Il ne faut jamais – au grand jamais ! – chercher à éteindre la chose. Vous passeriez pour un épouvantable maladroit et seriez contraint d'acquérir l'exécrable objet.

Non. Il faut, avec l'audace de l'artiste en pleine création, vous écrier en dansant autour des flammes : « L'Art est inutile, l'Art est mort ! Vive l'Art ! » S'il le faut, n'hésitez pas à attiser le brasier en y jetant le fond de votre cognac.

Votre épouse passera sur-le-champ pour la muse du prince de l'avant-garde, et il y a fort à parier qu'elle passe ses examens de fin d'année avec un prix d'excellence.

En vous saluant. À demain.

Je connais l'art oriental

Mes enfants, bonsoir…

Il n'est pas rare que des amis avisés fassent appel à la sûreté de votre goût en matière artistique. À cet effet, les Boustier de Villeneuve vous ont convié à la petite réception qu'ils donnent au retour de leur séjour en Extrême-Orient. Ils seraient heureux de connaître votre avis sur leurs nouvelles acquisitions. Bref, le père Boustier cherche à te bluffer avec ses brols de niacoué.

C'est bien légitime.

Vous avez à peine eu le temps de déambuler parmi les trésors de guerre de lord Boustier lorsque vous vous apercevez, intrigué par une odeur familière, que vous n'êtes pas venu seul. En effet, la semelle de votre escarpin gauche est encombrée d'une bonne demi-livre de matière fécale ; vraisemblablement, à en juger par le coloris et l'énormité de la chose, il ne s'agit pas de l'œuvre d'un teckel anémique.

Au même instant, le regard affolé de la maîtresse des lieux vous informe sur l'urgence de la situation : vous venez de bousiller 80 m^2 de tapis persan, le fleuron de la collection Boustier. Convenez-en : la situation est extrêmement embarrassante...

Alors, que faire ?

Il ne faut jamais – au grand jamais ! – vous répandre en excuses et proposer réparation pour le préjudice causé : la note serait salée et, à deux semaines de Noël, un sou est un sou.

Non. Il faut, avec la conviction du parfait dilettante, déclarer à qui veut l'entendre : « Sympa, les paillassons ! Ils décrottent à donf. Chanvre ou coco ? » Joignez vigoureusement le geste à la parole en achevant de désembourber votre chausson.

Impressionnée par votre assurance, la maîtresse de maison étouffera le scandale et n'osera imaginer les trésors dont vous ornez vos planchers pour avoir déconsidéré les siens de la sorte. Et tout porte à croire que le père Boustier ravale sur-le-champ ses prétentions de connaisseur infaillible.

En vous remerciant. À demain.

J'élève mon chien

Mes enfants, bonsoir…

À l'occasion de la journée de la femme, votre épouse a réuni en vos appartements quelques représentantes du Comité féminin contre les mœurs dissolues. Invitée d'honneur : la terrible Claude Janson, *leader* charismatique du mouvement lesbien de Londres. Femme impressionnante s'il en est, qui purgea naguère trois ans de prison pour avoir brisé l'échine d'un lutteur de foire qui lui avait manqué de respect.

Messieurs, sachez qu'en pareille occasion, la présence du maître des lieux est évidemment indispensable, même si cela ne vous enchante guère : un homme du monde se doit d'accompagner son épouse en toutes circonstances.

C'est dans l'ordre des choses.

Mais voici qu'en plein *tea-time*, vous surprenez avec effroi le manège de Bobby, votre petit fox-terrier, qui arpente le salon, la truffe aux aguets. Et sans vous laisser le temps de réagir, voici que la pauvre bête se met à aller et venir frénétiquement sur la cuisse odoriférante et sûre de dame Janson. Ne tournons pas autour du pot : la situation est un peu « just ».

Alors, que faire ?

Il ne faut jamais – au grand jamais ! – chercher à rappeler votre quadrupède. Vous laisseriez planer un malaise sur cette assemblée de femmes austères et je crains de sévères représailles pour la bête en rut.

Non. Il faut dire : « *Don't be afraid, my love* – ne craignez pas de forcer un peu l'accent *british* – c'est un fox anglais, *a present of the queen mother. He make* déjà ça *when he was in the Buckingham paleis.* »

Vous connaissez les rosbifs. Impressionnée à l'idée des royales jambes qu'a déjà souillées l'animal, lady Janson s'estimera flattée par l'hommage liquide et tiède de votre chien Bobby.

En vous remerciant. À demain.

Rions en plein air

Mes enfants, bonsoir...

À l'occasion, l'homme moderne doit pouvoir se départir de son sérieux pour laisser parler sa fantaisie. Car l'humour est la cerise sur le gâteau de l'esprit.

Vous avez été invité à une garden-party chez les Delapierre, cette famille de courtiers du Mans que vous avez rencontrée au cours de vos vacances à Torre-les-Molinos. La soirée bat son plein et, avouons-le, vous tenez une forme olympique. Vous ne manquez pas d'allure et de repartie dans votre spencer de chez De Fursac. C'est calembour sur calembour, gag sur gag. Bref, t'es sapé comme un milord et tu fais le mariolle toute la soirée.

C'est bien légitime.

Dans la foulée, vous décidez de lancer à la cantonade la dernière plaisanterie en vogue : l'histoire fort comique de Toto derrière l'église qui se fait écraser la gueule par un quatre tonnes. Mais vous constatez avec stupeur que personne ne rit et il vous revient effectivement en mémoire que madame Delapierre a récemment perdu son petit Julien, la gueule écrasée derrière l'église par un quatre tonnes. Voilà qui jette le méga-froid, vous en conviendrez.

Alors, que faire ?

Il ne faut jamais – au grand jamais ! – chercher à excuser votre étourderie en prétextant je ne sais quelle distraction soudaine. Cela ne ferait que mettre en évidence votre égoïsme et la tour d'ivoire dans laquelle vous évoluez.

Non. Il faut, avec l'esprit des hommes de belle composition, déclarer : « Ah ! Vous la connaissiez déjà ? » Et renchérir de plus belle en remplaçant le quatre tonnes par une moissonneuse-batteuse. N'hésitez pas à y insérer quelques détails macabres sur la tête tranchée de l'enfant.

Il y a tout lieu de croire que, soufflée par tant de finesse, madame Delapierre rejoigne *illico* l'hilarité générale. Voilà remise sur les rails votre réputation de boute-en-train intarissable.

En vous remerciant. À demain.

Je parle aux jeunes

Mes enfants, bonsoir…

Lorsque vous prenez la route pour partir en villégiature, la prudence veut que vous marquiez des arrêts réguliers pour vous reposer quelque peu. Et ma foi, il faut reconnaître qu'elles sont agréables, ces petites aires de détente que l'on visite dans l'anonymat. Elles sont une sorte d'oasis pour les bédouins de l'asphalte, où hygiène et culture se donnent rendez-vous : « Mens sans in corpore shellum », un homme sain dans une station Shell.

Bref, tu coules ton bronze, t'achètes tes bouquins de cul et tu te casses.

C'est bien légitime.

Au moment de rejoindre le parkage, vous remarquez qu'une douzaine de jeunes gens, rasés de près mais fort mal vêtus, ont stationné leurs motocyclettes de grosse cylindrée à côté de votre véhicule. Étrangement, l'un d'eux est assis sur le toit de votre limousine tandis qu'un autre donne de vigoureux coups de talon dans votre calandre. Tous semblent batifoler gaiement et s'esbaudir de fort bon cœur. Admettez que tant d'inconscience juvénile a de quoi surprendre.

Alors, que faire ?

Il ne faut jamais – au grand jamais ! – chercher à établir un constat à l'amiable. Vous auriez l'air de ces obscurs gratte-papier incapables de négocier d'homme à homme. Non. Il faut vous emparer d'un quelconque textile (votre cravate ou vos mitaines de pilote en pur porc) et le jeter énergiquement à la face du malotru en criant : « Jeune homme, mes témoins se présenteront chez vous dès l'aube ! »

Soyez certain que, passé les premières larmes, la tête de peau – the skinhead – vous présentera ses plus plates excuses et appellera son papa pour qu'il vous dédommage sur-le-champ. Profitez-en pour acquérir à ses frais les antibrouillards de chez Marshall qui manquaient à votre carrosse.

En vous remerciant. À demain.

Les copains, parlons-en

Mes enfants, bonsoir…

L'élégance vestimentaire est la carte de visite de l'homme moderne et votre réputation en la matière n'est plus à faire. C'est pourquoi l'on parle de votre nomination à la présidence du périodique *Monsieur Silhouette*. Et tout se joue ce soir, au cours d'un dîner prestigieux où Philippe Noiret en personne, l'ancien président, désignera lui-même son successeur. Attention ! La moindre faute de goût mettrait en péril cette promotion inespérée, n'est-ce pas ?

Il va falloir jouer serré.

Entre fromage et dessert, vous entreprenez de porter l'estocade en dévoilant votre stratégie marketing. C'est à cet instant que surgit hélas votre ami Jacques-Yves. S'il est bien gentil au grand large

avec ses amis poissons, admettez que question garde-robe, Jacques-Yves fait plutôt tache : il est du genre griffé « Emmaüs ». Et je ne vous parle pas de ses couvre-chefs grotesques. Bref, le clochard des mers est en train de te mazouter les ambitions !

Alors, que faire ?

Il ne faut jamais – au grand jamais ! – chercher à ignorer le Commandant. La bourrade qu'il vous a décochée dans la nuque ne laisse plus de doute quant à la familiarité de vos rapports.

Non. Il faut palper délicatement l'exécrable étoffe du marinier et déclarer à l'assemblée : « C'est du Dirk Bikkemberg, un grand couturier flamand : de la graine de génie. Tout Milan se l'arrache. » Et, dans la foulée, suggérez discrètement à l'amiral de dégager *fissa.*

Vous passerez pour un être très au fait des tendances. Il y a fort à parier que votre nomination devienne réalité et que, dans les jours qui suivent, vous croisiez monsieur Noiret costumé façon Calypso.

En vous remerciant. À demain.

J'obtiens ma promotion

Mes enfants, bonsoir…

Vous avez rendu visite à votre patron pour mettre en évidence le fossé qui sépare vos mérites du maigre salaire qu'il persiste à vous octroyer. En outre, votre véhicule de fonction, bien que d'origine germanique, ne correspond plus au train de vie que supposent vos responsabilités. Bref, vous avez décidé de taper le boss pour qu'il vous paie la superbagnole : une 220 CV turbo, la mégacage à poufiasses.

C'est bien légitime.

Au cours de l'entretien, vous terminez de négocier la climatisation et l'intérieur cuir (tu as bien raison : sans la clim, le cuir te colle au cul en été et ça sent vite la bête). À ce moment précis, dans un postillon inconsidéré, vous propulsez votre dent-pivot en or au visage rubicond de votre supérieur. Vous conviendrez que la situation est extrêmement embarrassante…

Alors, que faire ?

Il ne faut jamais – au grand jamais ! – chercher à la ramasser. Grands dieux, non ! Vous passeriez pour un fieffé pourceau qui n'a pas le sou pour se payer une dentition correcte.

Non. Il faut lui dire, d'un air détaché : « Garde-la, vieux, j'en ai d'autres. »

Votre patron comprendra immédiatement à quel type d'homme il a affaire : un être dégagé de toute contrainte économique et à qui on ne la fait pas. Il vous nommera sur-le-champ responsable de la comptabilité internationale, où vous pourrez vous enrichir grassement sur le compte de la société. Vous pouvez d'ores et déjà commander l'Aston Martin de vos rêves et garnir votre râtelier d'une série de canines en diamant.

En vous saluant. À demain.

Je me fais des amis

Mes enfants, bonsoir…

La solitude est parfois grande dans nos cités modernes.

Vous n'avez ni physique avenant ni contact facile et, la quarantaine passée, on peut dire qu'il est devenu difficile de nouer de nouvelles amitiés. Dieu merci, notre époque offre plus d'un remède à ces problèmes et on ne compte plus les petits cercles d'amis, les clubs de rencontre, les associations de philatélistes… Tant qu'à faire, vous avez décidé de vous inscrire à celui qui vous faisait rêver depuis l'enfance : le club des « Anges de l'Enfer ».

Mais, admettez-le, ils ne sont pas toujours commodes vos nouveaux compagnons motorisés, et, depuis deux jours que vous battez la campagne, ils vous en font voir de toutes les couleurs. Enfin ! tout cela n'est pas bien méchant et, sous leurs dehors bourrus, vous sentez poindre la chaleur d'une amitié prometteuse. Au camping de Senlis, votre vieil ulcère vous empêche hélas d'assister à la veillée prévue : au programme, dégustation de bières lourdes, concours de T-shirts mouillés et mise à sac du village. Bref, ça fait deux jours que tu dégustes et il vaut mieux que tu dormes un peu.

C'est bien légitime.

Alors que démarre la fête, vous regagnez votre tente après un petit détour par le bloc sanitaire.

Hélas, à peine franchi l'auvent du tipi, un rugissement de fauve et une forte odeur de peau de bête vous avertissent de votre méprise. Il vous revient soudain en mémoire que le chef de la bande s'était lui aussi retiré depuis quelques heures sous la tente avec trois de ses femelles.

Admettez que vous faites pitié.

Alors, que faire ?

Il ne faut jamais – au grand jamais ! – tenter de battre en retraite en invoquant votre opération de la cataracte. Soyez certain que Crazy Bull saurait vous tanner vigoureusement le cuir.

Non. Il faut, sans trembler, mimer une crise de somnambulisme et vous glisser dans le sac du sachem en hurlant : « Qu'on m'apporte la tête d'Alfredo Garcia ! Je viens de terminer son foie ! »

Impressionné par vos rêves sanguinaires, nul doute que le grand chef vous prenne aussitôt pour lieutenant. Vous passerez une nuit relax et il n'est pas exclu qu'une fois repu, il consente à partager quelque reste de squaw épuisée.

En vous remerciant. Bonsoir.

Je suis soldat

Mes enfants, bonsoir…

Une carrière militaire honorable contribue à asseoir le prestige des familles de belle lignée. « Qu'est-ce qu'un homme sans sa patrie ? » se demandait très justement le chevalier de Rochefoulard, avant de déraper sur la savonnette qui lui brisa les reins en deux. Il fut décoré pour avoir eu cette parole historique.

Dieu merci, au XXe siècle, nul besoin de tels exploits militaires pour se voir accorder l'une ou l'autre distinction : un piston bien huilé devrait vous permettre d'acquérir une belle panoplie de maître de guerre. C'est pourquoi, ce soir, à l'occasion du gala des Éperviers, vous avez revêtu vos habits de lumière et, dans l'enthousiasme, vous n'avez pas hésité à ajouter à vos décorations quelques médailles non méritées. Surtout celle du Mérite alpin, vous voyez ? La petite jaune avec le pic à glace doré et la tête de cochon… Bref, t'en as rajouté un max et tu rutiles comme un bordel.

C'est bien légitime.

Le meeting bat son plein et chacun y va de sa petite nostalgie guerrière : qui d'une mission secrète, qui d'une trahison, qui d'un petit village décimé. Malheureusement, le colonel Dubosq, vieille gueule burinée de Savoie très au fait des récompenses militaires, a remarqué votre petite duperie et vous somme de vous expliquer sur-le-champ sous peine d'en avertir la presse. *Mayday ! Mayday !* Admettez que la situation est cette fois *borderline.*

Alors, que faire ?

Il ne faut jamais – au grand jamais ! – vous tirer une balle dans la bouche sur un banc public. C'est fort douloureux et ça fait désordre. Non. Il faut bomber le torse, fixer le colonel dans les yeux et dire : « C'est ma super collec', vieux ! J'en ai en double, ça te dit ? »

Il y a fort à parier qu'alléché par cette intéressante proposition, la salle entière finisse par vous rejoindre dans une bourse d'échange improvisée. Un petit conseil : ne bradez pas la petite jaune : elle vaut facilement deux bleues et une ovale.

En vous remerciant. Bonsoir.

Je reçois du courrier

...

(Après le panneau d'ouverture, écran vide, pas de musique. Monsieur Manatane baisse les yeux sur une lettre qu'il tient en main et ne regarde pas la caméra. Il s'adresse ensuite au spectateur.)

D'après votre courrier – toujours abondant et merci bien –, il y aurait parmi vous l'une ou l'autre spectatrice un peu frustrée par notre petit magazine de l'élégance. Monsieur Manatane par-ci, monsieur Manatane par-là, mais surtout monsieur Manatane ne s'occupe guère des petits problèmes quotidiens de la femme moderne. Allez-vous cesser ces jérémiades sur-le-champ ? Je vous en prie bien et vous demande de vous arrêter.

(D'un geste, monsieur Manatane fait signe d'envoyer la première photo. La musique démarre.)

Il vous est certainement arrivé, madame, de lire de ces missives désagréables qui vous gâchent le restant de la journée. Ce matin, par exemple, vous venez de recevoir un bien étrange courrier. Malgré l'absence de signature, vous reconnaissez immédiatement l'écriture de Jacqueline, la vieille punaise jalouse qui ne pense qu'à vous pourrir l'existence depuis votre mariage avec monsieur de Fournaison. Il est vrai que vous ne vous privez pas d'afficher votre train de vie somptuaire : était-elle bien nécessaire, cette petite cotte de mailles de chez Paco Rabanne ? Bref, t'es bourrée de fric et les copines l'ont mauvaise.

C'est bien légitime.

La lettre de Jacqueline vous narre avec force détails les écarts libidineux de votre mari : il entretiendrait depuis quelque temps une liaison secrète avec madame Troulon, une roturière d'origine texane. Pour couronner le tout et dans un fort légitime effort de clarté, la perfide Jacqueline a joint à sa lettre une série de clichés qui ne laissent plus de doute quant à la souplesse et aux qualités de cavalier de monsieur votre époux.

Admettez que la situation a de quoi surprendre.

Alors, que faire ?

Il ne faut jamais – au grand jamais ! – tracasser votre mari avec ces commérages de bas étage. Vous feriez aussitôt connaissance avec la semelle de ses escarpins. Non. Il faut, avec le dévouement qu'on est en droit d'attendre d'une femme moderne, ne rien faire du tout. Admettez que vous l'avez un peu cherché, non ? Prenez-en de la graine, que diable, et arrangez-moi ce vieux chignon ! Regardez-moi ça !

Estimez-vous heureuse de n'être pas madame Manatane ! Les donzelles dans votre genre, je connais !

Allez. Sans rancune ? Bonsoir.

J'apprends à séduire

Mes enfants, bonsoir…

Nos amis les animaux peuvent nous apprendre beaucoup de choses. En matière de séduction, par exemple, ils ont bien compris la phase importante que constitue la parade amoureuse : on se taquine de la corne, on joue du gosier, on s'impressionne de la plume…

La kermesse est à l'homme moderne ce que la saison des amours est au caribou du grand Nord. Et les autos tamponneuses sont l'endroit propice à l'étalage de sa virilité. Vous y avez donc amené une proie potentielle et mis en place votre stratégie de séduction.

Vous décidez d'adopter d'emblée une attitude qui vous démarque des autres prétendants : position surélevée, une fesse vers l'intérieur, l'autre vers la piste (n'hésitez pas à stabiliser votre assise en utilisant votre raie). De la sorte, vous impressionnez la femelle tout en vous assurant une visibilité parfaite. Classique. C'est la technique dite « de la gerboise ». Bref, tu fais de ta gueule à la foire.

C'est bien légitime.

Mais la loi de la jungle est féroce et il est des prédateurs moins soucieux d'élégance. Un léger relâchement de votre attention aura suffi pour vous le rappeler : un taureau furieux vient de vous percuter par le flanc. Votre tête cogne le mât et le vigoureux espadon que vous étiez s'échoue sur la froide banquise. Voilà une situation des plus grotesques, soyez assez aimable d'en convenir.

Alors, que faire ?

Il ne faut jamais – au grand jamais ! – chercher à récupérer votre véhicule à la dérive : la vitesse de ces bolides vous interdit tout abordage de ce genre. Non. Il faut vous redresser fièrement, relever vos pantalons sur les genoux et déchirer votre chemise. Agitez-la vigoureusement à la face de votre rival en baragouinant quelque singerie hispanisante.

Il y a fort à parier que l'arène résonne aussitôt des vivats d'une foule admirative. Car s'il est une race de fiers séducteurs, ce sont bien ces terribles matadors, tous ces Manolete, ces Falcone, ces Perdigo, ces Jose Matta, bon allez, bonsoir.

Je voyage

Mes enfants, bonsoir…

Le XXe siècle restera sans nul doute celui de la libération de la femme. Qui dit « libération » dit « révolution » ; et qui dit « révolution » dit aussi « contraception » ! Car à notre époque, tout le monde y va de son petit procédé : qui d'un condom, qui d'une méthode Ogino, et qui surtout d'une pilule. Malgré ces beaux progrès de la médecine, il subsiste encore quelques réfractaires à la modernité et au progrès.

C'est le cas de Philippe Bousion, votre voisin de jardin. On peut dire que cet homme-là a la semence fertile : il en est à son septième rejeton et, aujourd'hui, c'est l'anniversaire du petit Jackson. Vous savez, le petit roux nerveux qui sent l'ammoniaque ? Bref, t'es bien parti pour te farcir les lutins toute l'après-midi.

La vie ne fait pas de cadeaux.

Alors que les enfants ne vous prêtent d'ordinaire que peu d'attention, voici que le petit Antony ne cesse de vous tirer la manche pour que vous l'assistiez dans ses cabrioles à la balançoire. Au fond, vous vous faites plus méchant que vous n'êtes et, avouez-le, sous vos dehors d'ours mal léché, vous vous êtes laissé émouvoir par cette petite boule de chair rose.

À chacune de vos poussées dans le dos du bambin, son rire retentit comme un chant d'oiseau ; mais au moment où la balançoire vous revient dans les mains pour la cinquième fois, vous constatez hélas qu'elle est vide et qu'à l'horizon, le petit Antony défie les lois de la gravité universelle. Il y a fort à parier que, cette fois encore, « madame gravité » l'emporte haut la main. Admettez avec moi que la situation est un peu *just*.

Alors, que faire ?

Il ne faut jamais – au grand jamais ! – alerter la famille. Le peu d'éducation du père Bousion ne lui permettrait pas de rationaliser l'événement et je crains pour votre visage.

Non. À vrai dire, vous vous trouvez cette fois dans une merde noire. Votre seule issue, c'est la fuite.

Mais, même dans la dérobade, il convient d'élégance garder. Prenez exemple sur cet amiral anglais qui, avant de mourir d'une balle dans la tête, eut cette parole historique : « Je meurs, mais je aaargh ! »

Il faut donc vous emparer sur-le-champ de votre paletot et déclarer avec force : « Il suffit ! Je refuse de me prêter à cette pantalonnade ! » Vous disposez d'une petite heure pour faire vos bagages et prendre un aller simple pour l'Argentine. Veillez à ne pas réapparaître avant une bonne vingtaine d'années.

En vous remerciant. Bonsoir.

Je suis serviable

Mes enfants, bonsoir…

Dans la vie professionnelle, il est important de s'entourer d'un minimum de confort moderne. Saviez-vous que l'homme du XXe siècle consacre huit heures par jour à sa carrière et c'est énorme. Alors, en tant que transporteur international, vous avez dépensé sans compter pour équiper votre cabine du dernier cri en matière de *technologic comfort* – le confort technologique. Au diable les préjugés : on peut être routier et n'en être pas moins attentif à l'élégance et au bien-être. Malgré cela, il faut admettre que la solitude est parfois pesante dans ces véhicules sans vie : un peu de compagnie y est souvent la bienvenue.

Après un bon plein de gasoil, vous reprenez la route en direction du Nord et voilà que vous apercevez, sur le bas-côté de l'autostrade, une magnifique créature blonde, aux formes généreuses, à la croupe chevaline et au sein entier (vous savez, de ces filles dont le téton peut pointer dur quand il prend froid et qu'on aimerait quelquefois...). Bon soit : une Suédoise qui implore votre mansuétude en agitant le pouce.

Ah ! c'est un beau roman, c'est une belle histoire : c'est une romance d'aujourd'hui ! Vous rentriez chez vous, là-haut dans le brouillard, tandis qu'elle descendait dans le Midi. Bref, s'il y a moyen de lui patiner les chromes avant Roubaix...

C'est bien légitime.

Malheureusement, après une énergique marche arrière pour impressionner l'innocente étrangère, vous vous apercevez avec stupeur que d'innocence il n'est point question : vous avez affaire à un de ces *beatnicks* crasseux et couverts de cheveux qui encombrent nos belles routes de France !

La situation est extrêment contrariante, ayez l'obligeance de l'admettre.

Alors, que faire ?

Il ne faut jamais – au grand jamais ! – embarquer l'hirsute. Il risquerait de souiller votre cabine, et je ne vous parle pas des émanations d'herbes aromatiques qui anéantiraient votre belle concentration.

Non. Il faut, avec l'esprit taquin de l'homme de la route, en profiter pour rigoler un peu. On va le faire suer, le Beatles. Laissez-le arriver à votre hauteur pour remettre aussitôt les gaz en criant « Olé ! ». N'hésitez pas à lui décocher un bon coup de portière s'il lui venait à l'idée de se montrer belliqueux.

Il y a fort à parier qu'au prochain restoroute, cela fasse beaucoup rire vos camarades Dédé et Lulu.

En vous remerciant. Bonsoir.

Je fais du yoga

Mes enfants, bonsoir…

Reconnaissons-le : il est des phénomènes de mode auxquels l'homme moderne n'échappe qu'avec difficulté. Et s'il en est un que notre vie trépidante a su mettre à l'honneur, c'est bien cette méthode un peu orientale de relaxation appelée « yoga ». Mais vous n'êtes pas homme à vous laisser berner par le premier enturbanné venu. Vous avez donc décidé d'en avoir le cœur net et vous vous êtes rendu à la séance d'information organisée par Maître Dong, rue Vaugirard : *le* célèbre Jean-Paul Dong de la rue Vaugirard.

À votre grande surprise, à peine franchi le seuil du temple, le maître à la dentition lacunaire vous tend un épouvantable pagne qu'il vous somme d'enfiler avant de le rejoindre pour la traditionnelle cérémonie de bienvenue. Bref, le gugusse en fait des caisses avec ses shorts en drap-de-lit mais t'es bien décidé à pas te laisser bluffer par tout ses falbalas.

C'est bien légitime.

Malheureusement, au moment d'ôter vos bottillons de chez Laurent, une émanation putride vous rappelle brutalement que vos pieds n'ont plus vu une goutte d'eau depuis bientôt quinze jours. Et ça sent l'épaule de mouton ! – « Mais qu'est-ce que… ooh ! » – Ça sent le bottin et ça fouette un max ! La situation est pour le moins oppressante, merci d'en convenir !

Alors, que faire ?

Il ne faut jamais – au grand jamais ! – chercher à remettre vos godillots : les vapeurs de bois de santal qui imprégnaient ces lieux de prière ont fait place désormais aux remugles honteux de vos pieds de démon. Il est hélas trop tard.

Non. Il faut bramer à l'assistance, avec la grandeur d'âme qui stigmatise les hommes de belle destinée : « Appréciez ce fumet, ô mes frères, car ces orteils ont foulé la boue du Gange, le grand fleuve sacré des ancêtres ! »

Il y a fort à parier qu'on reconnaisse en vous l'incarnation de quelque prophète pèlerin et que Maître Dong recueille sur-le-champ la poussière de vos pieds et la moindre raclure de vos ongles pour les transformer en vénérables objets du culte.

En vous remerciant. À demain.

Je suis magicien

Mes enfants, bonsoir…

Un homme du monde se doit d'avoir plus d'un tour dans son sac. Et, mon Dieu, vous avez pris l'adage au pied de la lettre et suivi les cours par correspondance du célèbre Gérard Majax, le prince des magiciens.

Cette année encore, la soirée de bienfaisance de la « Jette society », parrainée par madame Nadine de Rockfield, vous donne l'occasion de faire étalage des incroyables progrès que vous avez réalisés en matière d'illusionnisme : vous comptez bien y présenter le périlleux tour du lapin dans le haut-de-forme. Bref, tu ramènes encore ta grande gueule avec tes tours à deux francs cinquante.

C'est bien légitime.

Mais après le traditionnel verre de l'amitié, et alors que vous vous apprêtez à entrer en piste, vous constatez que l'assemblée n'a d'yeux que pour la baronne de Rockfield. Il est vrai que s'il est une dame dont la bonté, dont la générosité – la finesse d'esprit quelquefois – ont su jeter les fondations de l'élégance et du savoir-vivre français, c'est bien la baronne de Rockfield. Mais toute médaille a son revers et la malheureuse, sous médicaments, a quelque peu sous-estimé les effets du punch à l'abricot : elle est beurrée comme un coing, cherche querelle à ses convives et s'obstine à les terroriser en jouant avec son œil de verre.

La situation est pour le moins désobligeante, inutile de vous faire un dessin.

Alors, que faire ?

Il ne faut jamais – au grand jamais ! – baisser les bras, remettre votre numéro à l'an prochain et renoncer à une belle opportunité de briller. Non. Il faut, avec l'esprit d'initiative de l'homme vaillant, adapter votre show à la tournure des événements. Profitez de l'ébriété de la drôlesse pour lui proposer de vous seconder dans l'exercice de votre art. C'est l'occasion inespérée d'exécuter enfin quelques tours de magie dont la complexité vous rebutait jusqu'ici. Après quelques bouteilles de Jack Daniels, nul doute qu'elle consente à vous assister dans la périlleuse Torche du Bengale, dans les Canons de Navarone, la Planche thaïlandaise ou dans la Brouette ottomane.

[Idées photos : • Le héros brandit une énorme masse devant Nadine, couchée, un paquet de tuiles sur le ventre.

• Le héros aide Nadine à avaler un néon.

• Visage de Nadine ; sur sa tête repose une cerise (Guillaume Tell).

• Le héros enfonce des pointes de Paris dans les narines de la baronne.

• Nadine contre une porte constellée d'énormes poignards.

• Le héros avec une tronçonneuse et Nadine dans une boîte devant lui.]

Il y a fort à parier que votre carrière d'illusionniste prenne un tour nouveau et que la mère fauchman vous soit éternellement reconnaissante de lui avoir découvert l'emploi inespéré qui lui permette de se relever du gouffre financier où elle patauge – il faut bien l'admettre – depuis bientôt dix ans.

En vous remerciant. Bonsoir.

Je connais la musique

Mes enfants, bonsoir…

« L'éducation musicale est à l'homme du monde ce que le pneu est au carrosse : quelque chose d'un peu souple et qui amortit les pavés de la vie moderne », Albert Jacquard.

Il y a dix ans, vous aviez entamé une formation musicale et – disons-le – vous étiez carrément « Rackenrôle », limite « zazou » ! Et quand l'occasion se présente, vous ne manquez pas de faire profiter votre entourage de votre sens très aiguisé du contrepoint à la guitare électrique.

En ce beau mois d'août, la fille du grand patron se marie et vous avez été invité pour un petit apéritif en bord de Marne. La fête bat son plein et chacun y va de sa bonne humeur pour détendre l'atmosphère : qui d'un bon mot, qui d'une charade, qui d'une devinette ou d'une histoire drôle.

On peut dire que vous tenez la giga-forme et vous êtes bien décidé à ne pas passer inaperçu : ce n'est pas le moment de faire mentir votre réputation de ménestrel sensass'. Un peu émoustillé par les vapeurs d'une excellente méthode Champènewaze, vous décidez donc d'escalader la scène de l'orchestre et de proposer à l'assistance un petit récital improvisé de chanson française. Bref, t'es bourré comme un fût et il faut que tu la ramènes devant tout le monde.

C'est bien légitime.

Hélas, à peine avez-vous entamé le second couplet d'une chanson de Jacques Brel et c'est le trou de mémoire : « Il faut oublier, tout peut s'oublier… » Très bien, mais que diable le grand Jacques avait-il pu oublier ? Rien ! *Niente ! Nada ! Nothing !* Il avait oublié de faire court, le Flamand ! L'assemblée stupéfaite vous interroge du regard et vous tremblez.

Oseriez-vous m'affirmer, les yeux dans les yeux, que la situation n'est pas embarrassante ?

Alors, que faire ?

Il ne faut jamais – au grand jamais ! – interrompre votre tour de chant en invoquant je ne sais quel malaise imaginaire ! Et puis quoi encore ? Réfléchissez, bon sang : on vous prendrait aussitôt pour Marcel Amont !

Non. Il faut prétendre avoir rencontré le grand Jacques, lui avoir corrigé quelques-uns de ses tubes, et poursuivre sur votre lancée en massacrant le reste de la chanson : « Ne me quittez pas, il faut oublier / tout peut s'oublier, hey / une autre fois qui sait – yeah ! – / ne plus regarder-é-é-é-hey… »

Ne soyez pas pingre question rythme et trémolos dans la voix : souvent les gens aiment bien les chants avec du rythme et des trémolos dans la voix.

Vous passerez aussitôt pour la révélation de l'année et ne vous étonnez pas si, dès le lendemain, monsieur Daniel Guichard en personne vous fait un pont d'or pour lui orchestrer quelques arrangements un peu modernes.

En vous remerciant. Bonsoir.

Je dîne chez mon patron

Mes enfants, bonsoir…

L'homme du monde doit être capable de tourner à son avantage les péripéties qui jonchent le chemin parfois sinueux de ses ambitions. Vous l'avez bien compris et, lorsque monsieur Duboscq, votre chef de service, vous a invité à prendre une collation au bord de sa nouvelle piscine, vous y avez vu l'occasion inespérée de lui rappeler la promotion qu'il vous avait promise voici deux mois.

Tandis que le sieur Duboscq vante les mérites du système de filtrage de sa nouvelle piscine, vous masquez votre nervosité en ingurgitant boudin sur cuisse de poulet, patate sur nouille grecque, Cinzano sur Saint-Raphaël. Bref, le patron fait de son Jacques avec son pataugeoir mais t'es bien décidé à lui coller sous le nez ta feuille de paie.

C'est bien légitime.

Arrivé au dessert, vous constatez que le mélange rollmops/cacao n'était pas des plus judicieux. Déjà votre vision s'embrume et vous vous mettez à transpirer abondamment. Vous décidez donc de vous éloigner discrètement pour prendre l'air et calmer ce méchant malaise. Hélas, à peine avez-vous parcouru une vingtaine de pas qu'anchois et compote vous remontent brutalement aux lèvres : vous rendez l'intégrale barbecue de chez Dubosq sur votre rutilant complet de chez Dior.

Bien. Dites-moi : la situation… ? Embarrassante, oui ou non ?

Alors, que faire ?

Il ne faut jamais – au grand jamais ! – rejoindre pitoyablement la table et vous excuser en invoquant un quelconque problème digestif. Vous vexeriez madame Duboscq et cette attitude inqualifiable repousserait aux calendes grecques vos espoirs de promotion.

Non. Il faut, avec la désinvolture qui sied à l'homme du monde, plonger tout habillé dans la piscine en criant : « Super ! Elle est méga-bonne ! À l'abordage, les soldats ! » Veillez à agiter frénétiquement bras et jambes de manière à décrotter votre complet et à dissoudre les éventuels grumeaux de merguez.

Vous aurez de la sorte épargné une sévère note de pressing et nul doute que le père Duboscq accueille en vous le jovial compagnon qui a su valoriser ses investissements.

En vous remerciant. Bonsoir.

À la piscine

Mes enfants, bonsoir…

La vie de l'homme moderne est un combat permanent où il convient de garder la tête froide. Vous savez qu'il est profitable, à l'occasion, de s'accorder quelques instants de repos et, à cet effet, la balnéothérapie reste un excellent moyen d'effacer les agressions de la vie quotidienne. Vous vous êtes donc accordé quelques jours rilax à Aix-les-Bains.

Comme chaque année, vous inaugurez votre séjour par un petit détour à la piscine. En cette saison, ses abords regorgent de corps jeunes et sains qui s'offrent au soleil et dont les formes pimpantes raniment en vous le chasseur qui sommeille. Histoire de ne pas passer inaperçu, vous décidez donc de faire votre entrée en scène par un terrible saut de la mort du haut du grand tremplin. Bref, t'es remonté comme un mulet et tu vas leur en mettre plein la vue, aux gamines.

C'est bien légitime.

Arrivé à l'extrémité du tremplin, vous vous rendez compte que vous aviez quelque peu surestimé vos forces, et vous prenez conscience de la hauteur vertigineuse de l'engin. Mais vous réalisez que tout le monde vous regarde et qu'un magnifique athlète trépigne d'impatience dans votre dos. Contraint et forcé, vous vous élancez donc dans le vide et, après quelques mètres d'une vrille très impressionnante, vous terminez votre inélégant voyage par un fort douloureux plat sur le ventre.

N'en faisons pas un opéra : la situation est embarrassante ; ni plus, ni moins.

Alors, que faire ?

Il ne faut jamais – au grand jamais ! – vous joindre à l'hilarité générale et consentir à vous moquer de vous-même. Un homme de votre envergure ne saurait s'y résoudre et vos chances de faire belle figure s'estomperaient définitivement.

Non. Il faut, en imitant la parfaite immobilité d'une souche de bois mort, faire paniquer tout le monde en restant étendu à la surface de l'eau.

Il y a fort à parier que les filles rivalisent d'ardeur pour venir vous repêcher. C'est bien le diable si, au cours des frictions et des bouche-à-bouche qu'elles vous prodigueront tour à tour, vous n'arriviez pas à glisser une main par-ci, une langue par-là.

En vous remerciant. Bonsoir.

BONUS

Le livre que vous tenez dans les mains aurait pu voir le jour il y a dix ans déjà.

Après la diffusion des *Carnets*, les auteurs avaient été contactés par l'éditeur Albin Michel en vue de leur publication. Ravis de cette proposition, ils ont cru rigolo de répondre à l'éditeur au nom de monsieur Manatane et lui ont envoyé la lettre qui suit.

Facétie qui mit un terme brutal à ce beau projet.

(Note des auteurs)

Lundi 5 août 1997

Monsieur le Président Directeur Général,
Mon cher R.

Tu n'es pas sans savoir que mon vieux dos ne m'autorise que rarement à abreuver mes contemporains de ma prose épistolaire : l'élégante position du scribe accroupi n'est plus de mon âge. Mais il est des circonstances où je consens à faire fi de mon martyre pour rentrer dans la ronde infernale des épithètes, des adverbes grisants en « -ment », des pronoms, des prétérits et tout le bazar (la littérature, tout simplement).

Crois-moi, bel ami fidèle : l'heure est moche et je me vois dans l'obligation de t'instruire sans tarder des circonstances qui m'ont poussé à voler à ton secours, toutes voiles dehors.

Jeudi dernier, jour de la Saint-Patrick, je partageais comme chaque semaine mon bain avec Nadine et notre ami commun, Pierre. Ah, merveilleux Pierrot ! Tu le connais : toujours le premier à faire des bulles pour taquiner la baronne. Alors que je finissais de dicter à Pierre mes volontés quant à la direction artistique de Canal Pelu, l'un de tes subalternes eut l'incroyable audace d'interrompre nos libations.

La petite chose énervée, répondant au judicieux sobriquet de « Hervé D. », eut la maladresse de glisser sur le cheveu amovible de la baronne de Rothschild (troisième du nom !), ce que je ne puis en aucun cas tolérer. Agacé par son élocution fort approximative, j'ai donc vertement corrigé la canaille avant de comprendre l'importance de sa requête : à grand renfort de gloussements et d'onomatopées improbables, il venait nous avertir de ta débâcle financière !

Oh, mon ami ! Que n'avais-je remarqué moi-même les petits signes qui trahissaient la pente savonneuse de ton atroce déclin ! Ils me reviennent pourtant en mémoire, à présent : la bourrade amicale que tu décochas voici un mois à un domestique de couleur, cette partie de golf avec d'Ormesson, ta passion soudaine pour le cyclisme et surtout ton épouvantable amitié naissante avec Paul Guth, le boulevardier ! On m'a même rapporté que tu conduisais toi-même ton automobile ! Où cela s'arrêtera-t-il, grands dieux ?

En un mot, tu sombres dans l'indigence à l'heure précise où les lingots d'or se mettent à pleuvoir dans mon escarcelle. Tu comprendras que je ne puis tolérer que ta banqueroute fasse de l'ombre à notre amitié. Aussi ai-je décidé, sur les conseils de Pierre, de devenir l'instrument sublime de la Providence et de t'extirper de la fosse du grand chaos en te comblant de ma prose. *In manus tuas, Domine, commendo spiritum meum !*

L'extraordinaire triomphe qu'a reçu l'ouvrage que je viens de publier à compte d'auteur dans la Pléiade n'aura pas manqué de te perforer le fondement. L'enthousiasme des chroniqueurs fut unanime : « Consternant, incroyable » (*Le Monde*), « Pourquoi ? » (*Télérama*), « Il a osé ! » (*VSD*), « Je ne m'en remettrai jamais » (Alain Duhamel), « Après ce livre, j'ai dû me faire opérer du système nerveux » (Bernard Pivot), etc. Malgré cet accueil dithyrambique, l'ensemble de mes volumes fut inexplicablement retiré de la vente dès le premier jour, lesté de plomb et coulé en pleine mer, par trois mille pieds de fond ! Bon nageur, j'ai pu sauver deux jaquettes : une pour moi et une pour toi.

Cochons de chez Gallimard ! La fraîcheur de mes blagues et de mes attrapes a terrifié ces cuistres de l'arrière-garde. Eh bien, la chance qu'ils n'ont pu saisir au vol – ces traîtres ! –, voici qu'elle vient se nicher sous les fenêtres de ton entreprise à la dérive, mon cher R. Elle vient y chanter l'aube d'une prospérité nouvelle : la renaissance d'Alain Michel ! Car j'ai décidé de te confier l'édition de mon prochain chef-d'œuvre : « Les Carnets de monsieur Manatane ».

Je comprends que tu ne puisses retenir, à l'instant où tu lis ces lignes, les chaudes larmes de ta gratitude. Mais aie la gentillesse de veiller à ce qu'elles ne souillent pas la suite de mes propos ; je ne pourrais le tolérer. En aucun cas. Tu y apprendras que la main secourable que je te tends est gantée de quelques incontournables conditions.

Les voici :

• Mise à ma disposition d'un chouette bureau comme le tien, avec clim' et tout le bazar.

• Gravure d'un de mes aphorismes indiscutables dans la salle d'accueil du rez-de-chaussée.

• Mille coups de fouet à monsieur S., qui a eu l'outrecuidance de me tutoyer ; je ne puis le tolérer !

• Affectation de mademoiselle B. et de sa copine à mon service personnel, vingt-quatre heures sur vingt-quatre.

• Licenciement immédiat du dénommé « Hervé D. » (pour faire un exemple).

• Organisation d'une fête somptuaire pour célébrer la beauté de mon geste.

• Choix de l'orchestre pour la fête.

• Je veux tes bottes, ton blouson, ta moto.

Il va de soi que j'assumerai en outre le contrôle total des opérations « jaquette » : je joins à ma lettre la photographie de couverture de mon tome. Tu jugeras qu'avec Manatane, les choses ne traînent pas : cela te changera des fades qui encombrent tes bureaux et que je prends sur moi de mettre à la rue à la première occasion.

Reçois, Monsieur le Président Directeur Général, mon cher R., le témoignage de ma charité bien ordonnée.

Mr Manatane

RÉALISATION : NORD COMPO À VILLENEUVE-D'ASCQ
IMPRESSION : CORLET S.A. À CONDÉ-SUR-NOIREAU
DÉPOT LÉGAL : MARS 2009. N° 96628 (119414)
Imprimé en France